Chère Lectrice,

*Vous avez entre les mains un livre
de la Série Romance.*

*Vous allez partir avec vos héroïnes
préférées vivre des émotions inconnues,
dans des décors merveilleux.*

*Le rêve et l'enchantement vous attendent.
Partez à la recherche du bonheur...*

*La Série Romance, c'est une rencontre,
une aventure, un cœur à cœur passionnant,
rien que pour vous.*

**Un monde de rêve, un monde d'amour.
Romance, la série tendre,
six nouveautés par mois.**

Série Romance

LINDA WISDOM

Les illusions de la nuit

Les livres que votre cœur attend

Titre original : *Snow Queen* (241)
© 1983, Linda Wisdom
Originally published by Silhouette Books
a Simon & Schuster division of Gulf
& Western Corporation, New York

Traduction française de : Marlène Bastide
© 1984, Éditions J'ai Lu
27, rue Cassette, 75006 Paris

Chapitre premier

Comme chaque année le bal masqué d'Agatha Pendleton remportait un vif succès. Sous les grands lustres de cristal les couples tourbillonnaient au rythme d'une musique endiablée. Les dominos virevoltaient et les loups de satin noir enchâssaient comme des pierres précieuses les yeux rieurs des danseurs. L'ambiance était à la joie et à la fête. Toute la bonne société de Charleston, venue pour s'amuser, s'amusait.

Seule une femme d'une beauté éblouissante s'ennuyait.

Son visage, qui présentait la délicatesse d'un camée finement ciselé, ne trahissait rien de ses sentiments : il offrait l'aspect inhumain d'une perfection glaciale. Mais pour qui savait interpréter un regard, le sien exprimait un ennui mortel.

Debout sous une arche fleurie qui rehaussait l'éclat de son costume, elle considérait l'assistance avec un sourire figé.

Lentement elle contourna le parquet où régnait un joyeux tumulte. Sur son passage les conversations cessaient. Son approche captivait l'attention de tous les hommes. Certains même esquissaient un geste, comme pour se porter à la rencontre de cette créature céleste aux cheveux d'un noir de jais. Son sourire froid et distant, son port de reine, son attitude hautaine... tout les en empêchait.

La tête haute, elle fendait la foule sans prêter la moindre attention aux regards admiratifs ou jaloux qu'elle suscitait.

Sa robe de faille bleue s'ornait d'un fin corsage de dentelle et bouffait amplement sur les hanches pour souligner sa taille de guêpe. Bien avant la guerre de Sécession ses aïeules arboraient ce genre de toilette par-dessus un corset lacé très haut et quantité de jupons. Si elle ne revêtait pas cet attirail de dessous tombés en désuétude, elle avait adopté la coiffure des jeunes élégantes de l'époque. Ses luxuriantes boucles brunes se répandaient librement sur ses épaules et chacune des anglaises qui encadraient son visage se voyait pourvue d'un flot de rubans bleus.

— Qui est-ce ? chuchotait-on dans son sillage.

— Samantha Danvers. La secrétaire particulière d'Aggie Pendleton. La « Reine des Neiges », comme on l'appelle ici. Il paraît qu'elle a un glaçon à la place du cœur et qu'elle porte malheur à tous ceux qui ont la mauvaise idée de l'approcher.

Elle continua son chemin d'un air de superbe indifférence et repoussa avec agacement le souvenir d'une nuit magique où, bien des années plus tôt, une jeune Samantha folle de plaisir avait valsé dans cette même salle entre les bras d'un bien séduisant jeune homme. Peu lui importait le surnom qu'on lui donnait maintenant. Peu lui importait aussi que personne ne fasse mine de vouloir l'inviter. D'ailleurs, elle était en service commandé en quelque sorte. Agatha Pendleton qui se sentait trop souffrante pour assister au bal l'avait chargée de la représenter. Elle acceptait de bonne grâce de jouer ce rôle officiel même s'il l'obligeait plus ou moins à ne pas participer aux festivités.

Sans qu'elle y prît garde elle était, depuis un long moment déjà, l'objet d'un intérêt tout particulier.

Propulsée sur le parquet de danse elle sentit deux bras vigoureux se refermer sur elle.

— Je vous serais reconnaissante de...

Les joues subitement blêmes, elle s'interrompit net.

Grand, élancé, son cavalier la toisait d'un air moqueur. Sept années s'étaient écoulées depuis leur dernière rencontre mais le temps n'avait pas apposé sa griffe sur ce visage altier qu'éclairaient deux grands yeux fauves. Mike Trent arborait toujours le sourire suffisant d'un homme sûr de lui, qui éprouve le plus profond mépris pour l'opinion de ses semblables.

— Laissez-moi, Mike, dit-elle avec froideur.

Il resserra son étreinte.

— Vous vous souvenez de mon nom ? Voilà qui est extrêmement flatteur.

— Lâchez-moi. Je n'ai absolument pas envie de danser.

Un bras autour de sa taille, il l'entraîna avec maestria sur les premiers accords du *Beau Danube bleu*.

— Allons, ma chère Samantha, M. Strauss serait très peiné s'il vous entendait. Je vous autorise à me marcher sur les pieds, si vous voulez. Cela vous vengera des souffrances que doivent vous infliger tous ces jeunes gommeux. Je les soupçonne d'être médusés par votre éclatante beauté. Vous avez vu les yeux qu'ils font ?

— On peut savoir ce qui nous vaut l'honneur

de votre visite, monsieur Trent ? Vous êtes en vacances peut-être ?

— Inutile de me débiter des mondanités, Sam. Ça ne prend pas. Parlez-moi plutôt de vous. Qu'êtes-vous devenue depuis tout ce temps ?

— Si les mondanités ne vous intéressent pas, nous n'avons plus rien à nous dire, monsieur Trent. Je vous demanderai de bien vouloir... Mais... que faites-vous ?

Sans un mot il la conduisit dehors, sur la vaste terrasse du Comité des Fêtes. Il lui rendit enfin sa liberté et, les bras croisés sur la poitrine, la considéra d'un œil amusé. Il inclina légèrement la tête avec un sourire satisfait.

— Je vous félicite, Sam. La métamorphose est étonnante. Vous voici une véritable femme maintenant.

— Oh ! je vous en prie, cessez donc de m'appeler par ce nom ridicule. Pourquoi m'avez-vous entraînée ici ?

— Pour voir si le clair de lune ne pourrait pas faire fondre la gangue de glace qui emprisonne votre cœur.

— Les jolies femmes ne manquent pas ce soir. J'en connais plus d'une qui serait ravie d'une si délicate attention. Si vous les rejoigniez pour vous chercher une cavalière compréhensive ?

— Vous n'avez pas changé, Sam.

Il tenait sous le sien son regard étincelant. Ses yeux luisaient à la clarté lunaire comme deux améthystes flamboyantes.

— Vous êtes seulement un peu plus belle...

— Quel piètre comédien vous faites, mon pauvre Mike !

— ... et beaucoup plus froide, poursuivit-il en effleurant ses lèvres du bout des doigts.

— Cessez ce jeu stupide, voulez-vous.

8

Il recula jusqu'à la balustrade de pierre et s'adossa à un pilier pour contempler rêveusement la magnifique jeune femme qui lui tenait tête.

— Je suis navré, fit-il enfin de cette voix chaude qui éveillait en elle de douloureux échos. Après une aussi longue absence vous pourriez au moins me dire si je vous ai manqué.

— Oh ! Parce que vous étiez parti ?

Il ignora le sarcasme.

— Et si je vous invitais à dîner demain soir en souvenir du bon vieux temps ?

— Impossible.

— Après-demain ?

— Non plus. J'ai mieux à faire que de gâcher une soirée en votre compagnie. N'espérez pas me revoir, monsieur Trent.

— Ne vous affolez pas ainsi, Sam, je finirais par croire que tous les espoirs me sont permis, au contraire. Regardez, cette petite veine sur votre cou. Comme elle bat !...

Incapable d'en supporter davantage, elle s'enfuit et descendit le large escalier de marbre en volant de marche en marche.

Le rire triomphant de Mike Trent la poursuivit jusqu'au parking.

Une demi-heure plus tard, elle rangeait sa petite Audi dans le garage d'une maison de trois étages et se glissait sans bruit dans l'immense demeure silencieuse jusqu'à sa chambre.

Elle était trop agitée pour s'endormir tout de suite. Trop effrayée aussi par cette troublante coïncidence qui voulait que Mike se manifeste subitement au beau milieu du bal, exactement comme sept ans plus tôt.

La première apparition de Mike avait bouleversé sa vie. A ses yeux d'adolescente avide d'amour et de tendresse, il possédait toutes les qualités du Prince Charmant qui hantait ses rêves. Malheureusement, son beau conte de fées ne devait pas durer. Mike avait brusquement disparu sans même un au revoir. Désespérée, elle s'était juré de ne plus jamais donner l'occasion à un homme de la faire souffrir. Depuis elle affichait l'indifférence glaciale qui lui valait son surnom et niait farouchement la réalité des sentiments qui mettaient son cœur en péril. Le retour de Mike menaçait ce fragile équilibre.

Elle prit la ferme résolution de l'éviter à tout prix. Charleston était une ville suffisamment importante : leurs chemins ne se croiseraient pas obligatoirement. Le danger écarté, elle pourrait reprendre le triste cours de son existence solitaire.

Seule, elle l'avait toujours été.

Quand ses parents étaient morts dans un accident d'avion, la petite Samantha, âgée de quatre ans, avait été recueillie par son grand-père. Ce vieillard taciturne, veuf depuis longtemps, pleurait obstinément sa défunte épouse, décédée en donnant le jour à leur fille unique Leonor. Inconsciemment, il n'avait jamais pardonné à sa fille la mort de sa mère et il l'avait injustement reniée le jour où, bravant l'autorité paternelle, elle avait quitté la maison pour unir son destin à celui de John Danvers.

Plus Samantha grandissait, plus son grand-père se montrait égoïste et despotique. Très vite, il lui avait interdit de fréquenter les enfants de son âge et de se lier d'amitié avec ses camarades de classe. Sa place, disait-il, était auprès de lui. Et son premier devoir consistait à s'occuper du ménage et de la cuisine. Une façon comme une autre de le dédommager de la peine qu'il se donnait pour l'élever. Une façon comme une autre aussi de se venger du chagrin que lui avait causé sa fille en passant outre ses conseils.

Dans sa solitude Samantha avait tout de même une fidèle amie que les manières autoritaires de son grand-père n'effarouchaient pas le moins du monde.

Jeannie Bradshaw jouissait d'un caractère énergique. Et elle déployait tout son allant pour offrir à Samantha quelques-uns des plaisirs innocents qui lui étaient refusés. Sa gentillesse, sa bonne éducation et surtout la position sociale de ses parents avaient eu raison des réticences du vieil homme. Exceptionnellement, il autorisait sa petite-fille à passer de temps en temps une journée avec elle et parfois même tout un week-end.

C'est au cours d'un week-end justement que Jeannie l'avait emmenée avec elle au bal masqué.

Ce soir-là, Samantha ne se doutait de rien quand, avec des mines de conspiratrice, Jeannie vint la rejoindre dans sa chambre.

— Habille-toi. Nous sommes invitées au bal.

— Un bal ?

— Le bal masqué du Comité des Fêtes. Allez, dépêche-toi de te préparer, sinon nous serons en retard.

— Mais Jeannie... je n'ai pas de robe. Je ne peux pas y aller.

— Regarde.

Avec son corselet de velours noir et sa large jupe de brocart doré, le costume qu'elle lui tendait semblait fait tout exprès pour mettre en valeur les traits encore graciles d'une jeune beauté au sortir de l'enfance.

Samantha l'enfila fébrilement. Ses yeux étincelaient de joie et ses joues rosissaient de plaisir.

— Oh ! tu es magnifique ! s'écria son amie.

— Tu trouves ?... Vraiment ?

— Bien sûr. Evidemment d'habitude on ne s'en rend pas compte — tu es toujours fagotée comme l'as de pique — mais tu es très jolie. Et puis habillée comme ça tu parais trois ou quatre ans de plus. On te donnerait facilement vingt printemps, comme dirait l'oncle Barney. Tu vas avoir un succès fou !

— Je ne sais pas. Je suis tellement nerveuse. J'ai un trac épouvantable ! Tu te rends compte ? Mon premier bal... J'espère que je danserai. Au moins une fois.

— Oh ! ne t'inquiète pas. Tu ne manqueras certainement pas de cavaliers. Ce soir, ce sera toi la reine du bal. Allez ! viens.

— Avant je... je voudrais te remercier, Jeannie. Sans toi jamais je n'aurais pu y aller. C'est... c'est comme un conte de fées.

— Eh bien ! viens donc, jolie Cendrillon. Notre carrosse nous attend.

A peine franchie la porte de la salle, Samantha sentit la tête lui tourner. La musique, les rires, le parfum des bouquets, l'éclat des lustres... Ce faste était tellement nouveau qu'elle en restait comme étourdie.

Jeannie s'éclipsa bientôt au bras de son fiancé pour rejoindre la foule animée qui tourbillonnait sur le parquet ciré. Trop intimidée pour remarquer le vif intérêt qui avait salué son apparition Samantha se contentait de regarder défiler les couples avec envie. Elle tremblait à l'idée d'être invitée à danser et redoutait tout autant d'être délaissée toute la soirée.

Le cœur gros elle se détournait quand un inconnu l'attira énergiquement au milieu des danseurs.

— Oh ! fit-elle dans un cri de surprise. Que... que se passe-t-il ?

— Nous dansons. Vous êtes la plus jolie femme de cette assemblée. Ce serait un crime de ne pas vous faire valser.

— Mais je... je ne vous connais pas !

— Vous aurez tout le temps de faire ma connaissance.

Ses joues s'empourprèrent d'une délicieuse rougeur. Jamais, même dans ses rêves les plus audacieux, elle n'avait imaginé qu'un jour on l'entraînerait de force au rythme d'une mélodie grisante. Surtout pas un homme aussi séduisant.

La trentaine et l'air assuré de celui à qui tout réussit, son cavalier la regardait en souriant. Une souplesse féline conférait à ses gestes une gracieuse élégance et ses yeux luisaient de reflets fauves étrangement troublants.

— Je m'appelle Mike Trent. Et vous, mystérieuse déesse ?

— Samantha, répondit-elle dans un souffle, inconsciente du charme qu'exerçait sur elle sa voix chaude et sensuelle.

— Samantha... « Celle qui apprend vite ». Est-ce vrai ?

— Qu'est-ce qui est vrai ?

— Que vous apprenez vite, chuchota-t-il, la bouche contre son oreille.

— Tout dépend du professeur, répondit-elle ingénument avec un franc sourire.

Tant de naïveté parut le déconcerter. Savait-elle seulement combien elle était désirable ? Il en doutait. Elle paraissait singulièrement peu expérimentée, même pour une jeune fille qui faisait ses premiers pas dans le monde.

— Vous êtes seule ? Il est bien étonnant de voir

une jolie femme sans une cour de prétendants dans son sillage.

— Je suis venue avec mon amie, Jeannie Bradshaw. Elle danse avec son fiancé. Et vous ?

— J'accompagne une parente chez qui je suis en visite.

— Où allons-nous ? demanda-t-elle, un peu effrayée de se trouver seule en tête à tête avec cet inconnu sur la terrasse déserte. Il faut que je rejoigne les autres.

— Pas déjà ! J'ignore tout de vous.

Elle eut brusquement peur de le voir disparaître de sa vie si elle avouait n'être qu'une malheureuse orpheline qui partageait l'existence austère d'un grand-père respectueux des principes d'un autre âge.

Avec un sourire radieux elle se retourna lentement et s'appuya à la balustrade, comme elle l'avait vu faire aux vedettes de cinéma.

— Parlez-moi plutôt de vous, dit-elle d'une voix câline. Vous n'êtes pas d'ici, n'est-ce pas ?

— Non. J'habite New York.

— Etes-vous un espion yankee en mission chez les rebelles sudistes ?

— Pas du tout. Je suis écrivain.

— Oh ! Et qu'écrivez-vous ? Des livres, des articles pour les journaux, des chroniques pour les magazines ?

— Des romans d'espionnage. Genre James Bond.

— Trent... murmura-t-elle, songeuse. Vous voulez dire... Michael K. Trent ? balbutia-t-elle d'une voix tremblante d'émotion.

— Je plaide coupable, Votre Honneur.

— L'auteur des *Illusions de la nuit ?*

— J'en ai bien peur, Votre Honneur.

La rougeur qui rosissait ses joues s'aviva. Elle

se souvenait très bien de ce roman, lu en cachette de son grand-père. C'était l'histoire d'un agent double en mission spéciale qui, dès son arrivée en Roumanie, rencontrait une mystérieuse aventurière dont il tombait éperdument amoureux. Il découvrait trop tard son véritable visage et le rôle qu'elle jouait dans les rouages d'Interpol. Un livre écrit avec beaucoup d'humour et de vigueur... surtout dans les scènes d'amour.

Troublée par les rêveries érotiques qui avaient suivi sa lecture, ce fut d'une voix étranglée qu'elle demanda :

— Vous êtes ici pour écrire un nouveau roman ?

— Pour voir ma tante aussi. Elle a la gentillesse de laisser un ancien atelier de peintre à ma disposition. Ce qui me permet de lui tenir un peu compagnie sans trop la gêner. Elle a beau m'adorer, mon emploi du temps irrégulier et mes méthodes de travail anarchiques la mettent au supplice.

— J'ai peine à croire qu'on puisse trouver à se plaindre de vous, chuchota-t-elle avec coquetterie.

— Assez parlé, dit-il brusquement en la prenant par la main. Allons danser.

Il la monopolisa toute la soirée et évinça farouchement tous ceux qui faisaient mine de l'approcher. Eblouie, conquise, Samantha acceptait docilement ses attentions avec l'impression de vivre un rêve. Plus le temps passait plus ses yeux brillaient de plaisir. A la fin du bal le bonheur la parait d'une beauté nouvelle qui ne trompa pas Jeannie.

Séduite elle aussi par le sourire étincelant de Mike, elle ne vit aucun inconvénient à ce qu'il

15

raccompagne Samantha. Elle rentrerait de son côté, avec son fiancé.

Le cœur battant, Samantha monta dans la Lancia bleue dont son cavalier tenait la portière ouverte. Son cœur battit encore plus vite quand il marqua une seconde d'hésitation avant de mettre le contact. C'était peut-être maintenant qu'il allait l'embrasser ? Elle frémissait d'anxiété et d'impatience. Son premier baiser !... Mais il se contenta d'ajuster le rétroviseur avant de manœuvrer en marche arrière.

C'est en silence qu'ils accomplirent le court trajet qui les séparait de la jolie demeure des parents de Jeannie dont le père était un journaliste réputé de la ville.

Sans un mot, Mike l'accompagna jusqu'à la porte.

— Je... je vous remercie beaucoup pour cette merveilleuse soirée, balbutia-t-elle, la gorge serrée à l'idée qu'elle ne le reverrait sans doute jamais.

Il la contempla longuement et, avec un fin sourire, porta lentement sa main à ses lèvres pour y déposer un léger baiser.

— C'est vous qui êtes merveilleuse, Samantha. Merci du fond du cœur pour cette soirée inoubliable.

Puis, sans un regard en arrière, il remonta en voiture et disparut dans la nuit.

Tous les jours de la semaine suivante Samantha se remémora le bal dans ses moindres détails. Elle était convaincue que cet incroyable conte de fées s'arrêterait là quand un soir, en sortant de la bibliothèque municipale, elle eut la surprise de voir Mike s'avancer vers elle.

— Je vous offre un café ? demanda-t-il comme s'ils s'étaient quittés la veille.

L'éclair de joie qui avait traversé les yeux de Samantha s'évanouit.

— Je... je ne peux pas, bafouilla-t-elle.

Il fallait qu'elle se dépêche pour attraper le dernier bus, sinon elle serait obligée de rentrer à pied et son grand-père se mettrait en colère. Il ne tolérait pas le plus léger retard. Pour la première fois son autorité abusive la révolta.

— Une toute petite tasse de café, insista Mike, les yeux rieurs. Ne vous en faites donc pas, vous êtes très bien comme ça, ajouta-t-il en se demandant comment elle pouvait faire preuve d'un goût aussi atroce.

Dans sa vieille jupe marron et son corsage bleu, elle avait tout l'air d'une matrone qui ne se soucie plus guère d'être coquette. Elle rougit. C'était bien la première fois de sa vie aussi qu'elle en voulait à son grand-père de l'habiller n'importe comment par souci d'économie. Mais il avait suffi qu'un homme lui montre un peu d'intérêt pour qu'elle se sente devenir femme... et coquette.

Décidée à passer outre pour une fois les consignes de son aïeul, elle suivit Mike dans un café.

— Vous vivez seule ? questionna-t-il en adressant un sourire éblouissant à la serveuse qui approchait.

Samantha éprouva un serrement de cœur. La magie du bal n'opérait plus. Coupée du décor féerique de leur première rencontre, elle n'était plus qu'une pauvre petite Cendrillon qui se voyait préférer une accorte servante. Elle baissa humblement la tête.

— Je vis avec mon grand-père. Il m'a recueillie quand j'avais quatre ans. A la mort de mes parents.

— Vous travaillez ?

Elle étouffa un cri de surprise. C'est vrai, il ne pouvait pas savoir. Avec ses vêtements sombres elle paraissait plus que son âge. Heureusement c'étaient les vacances scolaires. Elle ne mentit donc pas quand elle répondit, les yeux fixés sur sa tasse :

— Non. Je m'occupe de grand-père.

Il dissimula son étonnement et continua à lui poser des questions indiscrètes sans qu'elle songe à s'en offusquer. Non, elle n'avait pas de petit ami. Non, elle ne sortait pratiquement jamais... Elle n'avait pas besoin d'expliquer les raisons de cette vie de recluse que l'obligeait à mener un aïeul despotique. Mike comprit à demi-mot et s'étonna de ne lui découvrir aucune amertume. Elle n'en voulait à personne et acceptait avec joie ce rôle de femme soumise. La jeune élégante rieuse du bal masqué avait fait place à une petite fourmi industrieuse qui concevait mal que l'on puisse s'intéresser à son existence. Son humilité toucha profondément le romancier qui ne connaissait aucune femme prête à se dévouer ainsi corps et âme.

Timidement elle lui posa quelques questions et il la ravit en lui racontant ses voyages en Europe.

Elle devint soudain très pâle et se leva d'un geste brusque.

— Oh ! mon Dieu ! je n'ai pas vu passer l'heure. Il faut absolument que je rentre.

— Je vous raccompagne.

— Non ! surtout pas ! se récria-t-elle, complètement paniquée.

— Pourquoi ? Y a-t-il quelqu'un d'autre que votre grand-père qui vous attend ?

— Non, mais il m'interdit formellement de... d'avoir des amis, avoua-t-elle, les joues brûlantes de honte. Je... je n'ai pas le droit de sortir.

18

— Nous sommes au vingtième siècle, pas au Moyen Age. Il serait peut-être temps qu'il s'en aperçoive.

— Il est très âgé, vous savez. Et puis il a reçu une éducation très stricte. C'est normal qu'il réagisse comme ça. De son temps, les jeunes filles restaient à la maison.

— Je vous raccompagne quand même. Je vous laisserai au coin de la rue si vous ne voulez pas qu'il me voie. Je veux seulement m'assurer que vous rentrez saine et sauve.

Rien ne put le faire revenir sur sa décision. Elle le guida à contrecœur vers l'un des quartiers les plus pauvres de la ville. Fidèle à sa promesse, il se gara à une distance respectable de la petite maison blanche où elle habitait.

— Puis-je espérer vous rencontrer à nouveau à la bibliothèque, mademoiselle Danvers ?

Pour la première fois de sa vie, Samantha se sentit prête à affronter le courroux de son grand-père. Tôt ou tard il découvrirait la vérité mais peu importait. Mike était entré dans son cœur comme en terrain conquis et maintenant, il y tenait la première place.

— Je ne voudrais pas vous tromper, dit-elle avec une candeur touchante. La robe que je portais au bal ne m'appartenait pas. C'est mon amie qui me l'avait prêtée. Je...

— Je vais vous confier un secret : les filles à papa ne m'intéressent pas du tout. On s'ennuie à mourir en leur compagnie.

Il se pencha pour l'embrasser sur le bout du nez.

— A bientôt. Je compte sur vous.

Les joues enflammées elle s'enfuit en courant. La Lancia ne démarra pas avant qu'elle ait poussé la porte de chez elle.

— On peut savoir d'où sort mademoiselle ? tonna son grand-père.

— Je suis en retard. Excuse-moi.

— Il y a déjà une heure que tu devrais être là. J'ai horreur de dîner tard, tu le sais bien.

— Excuse-moi, répéta-t-elle, avant d'ajouter le premier mensonge de sa vie. J'ai raté le bus. J'ai dû rentrer à pied.

— Tu n'aurais pas traîné plutôt en route avec un des freluquets de ton école ?

Cette fois elle n'eut pas besoin de mentir : on pouvait difficilement confondre Mike avec ses camarades de classe.

— Tâche que cela ne se reproduise plus et file à la cuisine : j'ai faim.

Samantha et Mike se revirent souvent. Grâce à la complicité de Jeannie parfois. Un soir par exemple, elle invita Samantha au cinéma et par un heureux hasard Mike vint les rejoindre juste au début de la séance. Assise à côté de son Prince Charmant dans la salle obscure, elle frémit de plaisir quand il enlaça sa main. Cela n'allait jamais plus loin. Il la prenait par la main, l'embrassait sur le front ou le bout du nez mais se gardait de satisfaire son désir le plus cher : lui donner son premier vrai baiser.

Une plus grande expérience des choses de l'amour permettait à Jeannie de deviner les sentiments qui s'éveillaient dans le cœur de son amie. Gentiment elle essaya de la mettre en garde.

— Je sais bien que tu as toujours été entourée de gens plus âgés que toi mais Mike n'est-il pas un peu trop vieux ? Sait-il que tu as à peine dix-sept ans ?

— Non. Il pense que j'en ai vingt et un et... j'ai tellement peur qu'il se désintéresse de moi s'il

20

apprend que je suis une petite lycéenne de rien du tout...

— Je ne voudrais surtout pas avoir à me repentir de favoriser vos rencontres.

— Oh! ne t'inquiète pas. Mike ne me fera jamais souffrir.

Quelle naïveté! se disait-elle à présent avec amertume. La suite lui avait donné l'occasion de vérifier le bien-fondé des assertions de son grand-père. L'aïeul avait raison : les hommes sont vaniteux et sans cœur. Tous, sans exception. Y compris Mike Trent.

Chapitre deux

Le lendemain Samantha ne présentait plus aucune ressemblance avec la jeune élégante du temps jadis qu'elle incarnait au bal masqué. Les cheveux relevés en un chignon très strict elle portait un kilt à dominante bleu marine et un pull-over vert bouteille qui soulignaient la sévérité de sa coiffure.

— Bonjour, Bella, lança-t-elle à la servante qui lui apportait le petit déjeuner dans la salle à manger. Mme Pendleton est-elle réveillée ?

— Je lui ai monté son café chez elle. Elle désire vous voir dès que possible.

Munie d'un bloc-notes, Samantha frappa à la porte de sa patronne dont les appartements luxueusement meublés se trouvaient au second étage de l'immense demeure coloniale.

Elle trouva Aggie allongée sur une chaise longue. Sa chevelure d'un blanc neigeux était artistiquement coiffée et son maquillage appliqué avec soin atténuait les rides de son visage. Ses yeux dorés reflétaient une profonde joie de vivre. On devinait à son aisance et à l'élégance discrète de sa robe de laine écrue qu'elle avait toujours évolué dans des milieux où l'argent allait de pair avec une renommée solidement établie.

— Je ne vous attendais pas si tôt, mon petit, dit-elle en souriant. Vous n'avez pas dû veiller très tard hier soir.

— Je suis rentrée peu après minuit, répondit Samantha en prenant place devant une délicate écritoire en bois de rose.

— Hum... Rien ne vous obligeait à partir dès les douze coups de minuit. Telle que je vous connais vous n'avez pas dû danser une seule fois. Il devait pourtant y avoir une foule de jeunes gens très bien.

— Si vous permettez je commencerai par vous faire mon rapport. L'orchestre était excellent et la décoration exquise. Mais les petits fours et les canapés manquaient de moelleux. Il serait bon d'en parler au traiteur.

— Oh ! Samantha ! s'exclama Aggie Pendleton en levant au ciel ses mains blanches ornées de diamants. Vous n'avez rien d'autre à me raconter ? Vous allez au bal le plus couru de la ville et vous me parlez des canapés ! C'est à désespérer, mon petit !

— Mais, Aggie...

— Ecoutez, j'ai beau avoir soixante ans passés, j'aurais été ravie de danser un peu. A votre place, je me serais amusée comme une folle. A vingt-quatre ans j'avais plus d'un galant.

— Les hommes sont tellement ennuyeux.

— Qu'en savez-vous ? Jusqu'à présent vous avez vécu comme une nonne. Votre grand-père y a veillé.

— Il pensait bien faire. Ce n'est jamais facile d'élever ses petits-enfants.

— Oh ! je ne lui reproche rien, le pauvre homme. Tout de même il aurait pu vous laisser sortir un peu et fréquenter des gens de votre âge. Vous vous conduisez avec une telle réserve en société ! Si ça continue vous resterez célibataire toute votre vie, mon petit. Et ce serait bien dommage.

Ce n'était pas la première fois qu'elles abordaient ce sujet délicat. Au fond de son cœur Samantha s'était vouée au célibat. Mais Aggie ne voulait rien entendre et elle revenait à la charge dès que l'occasion se présentait.

Samantha orienta habilement la conversation sur un terrain moins dangereux. Elles passèrent le restant de la matinée à répondre au courrier et à s'occuper des affaires en cours.

— J'aimerais que vous fassiez le ménage en grand au troisième, annonça la vieille dame comme elles s'installaient à table. Mon neveu est en ville et a décidé de m'honorer de sa présence.

Elles déjeunaient toujours sur la terrasse de la chambre d'Aggie où Bella leur servit une délicieuse salade de crabe et du thé glacé. Sous leurs yeux s'étendaient les jardins magnifiquement entretenus de la propriété dont Mme Pendleton tirait une grande fierté.

— Quel dommage que mon pauvre Jonathan n'ait jamais pu jouir de tout ceci, soupira-t-elle. Dire qu'il a travaillé toute sa vie pour restaurer cette maison et qu'il n'a pas eu le temps d'en profiter !

Samantha savait combien le souvenir de son mari disparu depuis peu attristait sa patronne. Elle s'empressa de changer de sujet.

— Vous ne m'aviez jamais parlé de ce neveu.

— C'est le fils aîné de ma sœur, répondit-elle, en retrouvant son doux sourire. Avant il venait toujours ici pour les vacances scolaires. Je ne pense pas que nous le verrons beaucoup. Il a toujours aimé s'entourer de jolies femmes et, s'il n'a pas changé, il emploiera sûrement son séjour

24

à courtiser les élégantes de la ville. Cela fait plus de cinq ans que je ne l'ai vu. Oh ! au fait, mon petit, j'aimerais que vous alliez chez M. Sayres cet après-midi. Il a des papiers à me faire signer.

Sitôt après déjeuner Samantha se mit en route pour le centre. L'apparition des beaux jours était toujours saluée dans cette charmante ville du sud des Etats-Unis par une activité débordante. C'est avec plaisir qu'elle se mêla à la foule pour flâner un peu dans les vieilles rues.

Les papiers d'Aggie soigneusement rangés dans son sac, elle s'offrit même une partie de lèche-vitrines et entra dans un grand magasin pour se promener au rayon parfumerie.

Elle humait une eau de toilette à la mandarine quand une voix la fit sursauter.

— Ce n'est pas du tout ce qu'il vous faut, Sam.

Saisie, elle se retourna.

D'un geste Mike coupa court à la réplique cinglante qui lui montait aux lèvres. Il saisit délicatement un des flacons réservés à la démonstration.

— Il vous faut quelque chose de beaucoup plus personnalisé. Ceci par exemple, dit-il en lui prenant la main pour appliquer une goutte ambrée sur son poignet. Sentez. Vous verrez. On dirait qu'il a été fait spécialement à votre intention.

— Je ne me souviens pas de vous avoir demandé votre avis.

— Les eaux de toilette sont destinées aux jeunes filles douces et timides. Une beauté aussi séduisante que vous se doit de porter un parfum riche et sensuel... A l'image de la femme qui se cache derrière cette façade glaciale que vous avez choisi de présenter au monde.

Avec une lenteur délibérée, il ponctua son

discours d'un léger baiser qu'il déposa sur son poignet parfumé.

Les joues en feu Samantha s'enfuit tandis que derrière elle s'élevait le rire moqueur de Mike Trent.

Son premier soin fut de rentrer prendre un bain chaud pour effacer jusqu'au souvenir du contact de ses lèvres sur sa peau. Plongée dans la mousse odorante elle ferma les yeux et s'obligea à se détendre. Encore un hasard malencontreux ; mais avec un peu de chance ce serait le dernier.

Les jours suivants, Samantha supervisa la remise en état de l'appartement situé tout en haut de la maison. Contrairement aux étages inférieurs décorés dans des tons vieux rose qui mettaient en valeur les bois précieux des meubles d'Aggie, le logement qu'elle réservait à son neveu offrait un cadre résolument moderne. Chambre, bureau, cuisine et salle de bains : tout était dans des nuances chaudes et viriles qui s'harmonisaient avec le mobilier d'acajou aux lignes un peu austères.

— Jane ? Etiez-vous déjà au service de Mme Pendleton lors de la dernière visite de son neveu ? demanda Samantha à l'une des bonnes chargées du grand nettoyage.

— Oh non ! mademoiselle. Mais d'après ce que j'ai entendu dire, c'est un véritable bourreau des cœurs.

Il fallut deux jours entiers pour chasser la poussière dans ses moindres recoins. Avant de partir Samantha fit le tour de chaque pièce pour s'assurer que tout était en ordre.

Un peignoir de velours fauve jeté négligemment sur l'immense lit la fit sourire. Oui, tout était prêt à accueillir le maître des lieux, tout

26

était prêt pour la scène de charme que ce séducteur destinait probablement à toutes ses
conquêtes.

Elle passa l'après-midi à courir les magasins
pour Aggie. A son retour la vieille dame l'informa
qu'elles dîneraient à huit heures. Samantha avait
tout juste le temps de se changer. Elle se précipita dans sa chambre et fit couler un bain.

Bella ne tarda pas à frapper.

— Un paquet pour vous, mademoiselle. On
vient de le livrer.

— Un paquet ? Je n'ai rien commandé.

Etonnée, elle le posa sur le lit et entreprit de
dénouer les faveurs roses qui entouraient le
papier argenté. Elle retint un cri de surprise. Eau
de Cologne, savon, huile pour le bain et talc
parfumé étaient disposés avec un goût exquis
dans une grande boîte capitonnée de velours
rouge. D'une main tremblante elle saisit la carte
glissée entre les flacons.

« A partir d'aujourd'hui plus rien ne vous
empêche de porter *votre* parfum en toutes circonstances. »

Une bouffée de colère l'envahit. La carte n'était
pas signée mais quelle importance. C'était Mike
évidemment. Vraiment il ne manquait pas d'au-
dace ! Elle allait lui retourner ce paquet immédiatement. Mais où ? Elle ignorait où il était
descendu et savait encore moins comment il
avait réussi à se procurer son adresse. Indécise,
elle contemplait les flacons avec envie. Elle
déboucha rêveusement le plus grand. Une sen-
teur épicée se répandit dans la chambre. Chaude,
exotique. Exactement le genre de parfum qu'elle
adorait mais qu'elle n'avait jamais pu s'offrir.

Après tout, quel mal y avait-il à l'essayer ?
Elle en déposa une goutte derrière le lobe de

27

son oreille et finit de se préparer. Sa robe blanche froncée au cou laissait ses belles épaules découvertes. Pour seuls bijoux elle portait un large bracelet d'argent et des pendants d'oreilles finement ciselés. Son chignon la grandissait et la parait d'une distinction faite de dignité.

Dans l'escalier elle entendit des bruits de voix qui venaient de la salle à manger. Elle observa une courte pause sur le seuil de la pièce et entra avec, sur les lèvres, son sourire le plus figé.

— Justement la voici! s'exclama Aggie en se retournant pour l'accueillir. Michael, je te présente Samantha Danvers, ma secrétaire particulière. Samantha, mon neveu : Michael Trent.

Elle s'immobilisa, comme prise de vertige.

— Ravi de faire enfin votre connaissance, mademoiselle Danvers, dit-il en lui adressant un discret clin d'œil. Ma tante m'a tellement parlé de vous que j'ai l'impression de vous connaître depuis longtemps.

— Oh! vraiment? fit-elle avec raideur.

— Pas de cérémonies, ordonna Aggie. Nous sommes en famille. Tu peux très bien l'appeler par son prénom.

— Parfait. Puis-je vous servir un apéritif, Samantha?

— Je préfère un verre de vin blanc, monsieur Trent.

— Mike, corrigea-t-il avec un grand sourire. Ma tante est la seule personne au monde à m'appeler Michael, comme quand j'avais six ans.

Elle prit le verre qu'il lui tendait en évitant soigneusement de frôler ses doigts. Cela parut l'amuser énormément.

— Je suis heureux de voir que mon présent a eu le don de vous plaire, murmura-t-il à son oreille tandis qu'Aggie s'entretenait avec Bella d'un dernier détail culinaire.

— J'ignorais comment le retourner à l'envoyeur. Ce problème est désormais résolu et vous ne tarderez pas à entrer en possession d'un cadeau dont je ne veux pas.

— N'en faites rien. Sur moi ce parfum serait loin d'être aussi troublant.

Samantha avait retrouvé tout son sang-froid. Elle cachait ses sentiments depuis de trop longues années pour laisser paraître son trouble en société. C'est d'une voix mondaine et parfaitement impersonnelle qu'elle prit part à la conversation au cours du dîner.

— Vous pensez rester longtemps ici, monsieur Trent ?

Il haussa les épaules avec désinvolture.

— Le temps qu'il faudra.

— Michael est écrivain, expliqua sa tante. Il a besoin de calme et de tranquillité pour commencer chacun de ses livres.

— Avez-vous lu mes romans, Samantha ? demanda-t-il d'un ton aussi impersonnel que le sien.

— Les deux derniers étaient excellents, répondit-elle sans ciller.

Un sourire moqueur apparut sur les lèvres de Mike. Comme chaque fois qu'elle mentait Samantha avait rougi. En réalité depuis la soirée tragique qui avait marqué leur séparation elle n'avait jamais trouvé le courage d'ouvrir un de ses livres.

Le dîner traînait en longueur. Malgré les efforts de Mme Pendleton l'étrange tension qui régnait entre sa secrétaire et son neveu faisait planer un certain malaise dans la pièce. Elle proposa de prendre le café sur la terrasse. Bien qu'il fût assis dans l'ombre, Samantha sentait peser sur elle le regard narquois dont Mike l'avait gratifiée toute la soirée.

— Je dois reconnaître que Samantha est beaucoup mieux que la malheureuse Mlle Chattam, dit-il tout à coup. Qu'est-il advenu de ce triste épouvantail à moineaux ?

— Michael ! Je t'en prie ! Elle n'était peut-être pas jolie mais c'était une secrétaire très efficace. Elle est allée rejoindre sa sœur dans le Vermont, l'an passé.

— Et par quel heureux hasard as-tu déniché Mlle Danvers pour la remplacer ?

— Aggie a eu la bonté de m'embaucher tout de suite après la mort de mon grand-père, s'empressa de répondre Samantha. Je n'ai jamais compris par quel miracle cela avait été possible, ajouta-t-elle en croisant nerveusement les mains sur ses genoux. J'étais une piètre secrétaire à l'époque.

— N'en crois pas un mot, Michael. Samantha est tellement serviable ! Tout le monde l'adore. Et elle est très capable. J'avoue qu'elle est aussi beaucoup plus décorative que cette pauvre Bernice.

— Beaucoup plus, oui, acquiesça-t-il.

Samantha saisit le premier prétexte pour se retirer. Cette soirée avait été un véritable calvaire. A plus d'une reprise elle s'était sentie perdre pied et c'était un luxe qu'elle ne pouvait pas se permettre. Surtout pas durant le séjour de Mike.

Une semaine s'écoula sans qu'elle le revoie, sauf un soir, au cours d'un dîner où il adressa exclusivement la parole à sa tante. Il faisait ses repas lui-même dans la petite cuisine de son appartement d'où il ne sortait pratiquement jamais.

La préparation de son livre, disait-il, l'obligeait à observer une retraite quasi monacale.

De son côté Samantha avait beaucoup à faire pour organiser une fête de charité patronnée par Aggie. Invitations, menus, rassemblement des lots, tirage de la tombola, ça n'en finissait pas.

Un après-midi qu'elle finissait de libeller des enveloppes aux noms des différents invités, la porte tourna doucement sur ses gonds.

— Voici donc le repaire de la glorieuse Mlle Danvers.

Debout sur le seuil, les mains dans les poches de son jean, Mike la considérait d'un œil critique. Avec son chignon et ses lunettes cerclées d'écaille Samantha présentait l'aspect un peu rébarbatif d'une secrétaire modèle mais un tantinet revêche.

— Vous désirez quelque chose, monsieur Trent ?

— Un peu de chaleur humaine me ferait le plus grand bien. Mais puisque cela ne semble plus être de votre ressort, je me contenterai de vous emprunter votre dictionnaire. J'ai égaré le mien.

Sans un mot elle pointa son stylo sur une étagère et se replongea dans son travail avec une application surfaite.

— Vous êtes vraiment obligée de les porter ?

— Pardon ?

Nonchalamment assis sur le coin du bureau, Mike la regardait avec un sourire attendri.

— Je parle de vos lunettes. Je ne vous les connaissais pas.

— J'en ai besoin uniquement pour écrire.

Il se pencha et les lui retira doucement.

— Vous êtes la première femme de ma connaissance qui ne se soucie pas d'être surprise avec des lunettes sur le nez.

— Les femmes de votre entourage sont sans doute trop imbues d'elles-mêmes pour accepter leurs petites infirmités.

Elle se leva avec brusquerie et lança un coup d'œil éloquent vers la porte.

— Si vous voulez bien m'excuser...

Il fit semblant de ne pas comprendre l'allusion et demeura parfaitement immobile, perché sur le coin du bureau. Lentement il la détailla des pieds à la tête. Elle portait un ensemble blanc, très sobre, et un chemisier de soie noire où brillait un pendentif d'argent. Le blanc du tailleur mettait en valeur la masse luisante de sa chevelure brune ; le noir du corsage, la délicatesse de son teint d'albâtre.

— Vous ne laissez plus jamais vos cheveux retomber librement sur vos épaules ?

Il accompagna sa question d'une caresse sur la joue qui l'obligea à reculer d'un pas.

— Ne me touchez pas !

— Vous avez peur ? Le contact de ma main suffirait-il à mettre en déroute votre suprême indifférence ?

— J'ai eu le temps de perfectionner mon éducation en sept ans. Vous serez sans doute heureux d'apprendre qu'il ne me plaît plus d'être considérée comme un objet de convoitise. Je consacre mes loisirs à des occupations autrement intéressantes.

Son sourire s'accentua imperceptiblement.

— Vraiment, Sam ? Des occupations de quel genre ?

— Je vous ai déjà demandé de me faire grâce de cette marque de familiarité déplaisante.

32

— L'usage des surnoms est pourtant réservé aux gens qui s'aiment bien, il me semble. Aux amoureux, par exemple. Mais évidemment « la Reine des Neiges » ne peut pas comprendre.

Il tourna les talons et partit en fermant doucement la porte derrière lui. Abasourdie, Samantha resta pétrifiée comme s'il l'avait giflée. Puis avec un soupir excédé elle chaussa ses lunettes, s'assit à son bureau et glissa une feuille de papier dans sa machine.

Deux jours plus tard, elle traversait le jardin quand elle aperçut une jeune femme blonde devant l'entrée qui menait directement au troisième étage. Mike ne perd pas son temps, songea-t-elle avec un sourire crispé, sans même se rendre compte qu'elle était soudain au bord des larmes.

Après dîner la nuit était si belle qu'elle ne résista pas à la tentation d'une courte promenade. La lumière crépusculaire ravissait son âme romantique. Elle s'éloigna, seule sous la lune, en s'interdisant de penser qu'il serait bon de marcher à deux, main dans la main, entre les buissons obscurs. Elle rentrait quand elle vit Mike apparaître sur le perron. La jeune femme blonde pendue à son bras riait à gorge déployée. A chacun de ses pas le fourreau moulant de sa robe s'ouvrait jusqu'en haut de la cuisse pour révéler une jambe dorée.

Ecœurée, Samantha battit en retraite. Pas assez vite pourtant pour éviter de surprendre une scène qu'elle aurait préféré ignorer.

— Oh ! Mike je t'en prie, laisse-moi passer la nuit ici. Je ne t'ennuierai pas, je te le promets.

— Ta présence suffit à me tourner la tête, Norma. J'ai besoin d'être seul pour travailler.

— Quand, alors ?

— Dès que possible.

Leur étreinte se resserra et ils échangèrent un baiser interminable.

— Viens. On remonte chez toi, roucoula Norma.

D'un baiser encore plus tendre il lui imposa silence et, un bras passé autour de sa taille, l'entraîna vers sa petite décapotable.

Samantha rejoignit sa chambre d'une démarche mal assurée. Mike n'avait rien d'un moine, elle le savait depuis longtemps. Qu'il ait des petites amies c'était sans doute tout à fait normal. Mais qu'il consacre son après-midi et sa soirée à Norma Durant paraissait inconcevable.

Norma avait épousé un homme beaucoup plus âgé qu'elle qui, pendant la courte période de leur vie commune, s'était contenté de fermer les yeux sur ses nombreuses infidélités. A la mort de son mari elle s'était trouvée à la tête d'une fortune colossale ; depuis, sa conduite défrayait la chronique.

La fréquentation d'une femme aussi volage prouvait irrémédiablement le caractère futile de Mike.

Allongée dans le noir, Samantha se jura de ne pas permettre à ce « bourreau des cœurs » de gâcher sa vie. Mais, troublée par l'image obsédante d'un lit d'acajou mis sens dessus dessous par leurs ébats, elle ne réussit pas à s'endormir avant d'entendre les pas de son tortionnaire résonner à l'étage supérieur. Elle s'assoupit enfin, rassurée de le savoir sagement rentré chez lui.

Chapitre trois

Le lendemain Aggie recevait ses amies pour le thé et Samantha devait en profiter pour prendre un jour de congé. Au saut du lit, ravie de voir briller un soleil éblouissant, elle enfila une petite robe toute simple aux couleurs éclatantes et une paire de sandales. Pour une fois elle ne releva pas ses cheveux mais se contenta de les retenir de chaque côté de la tête par deux peignes blancs.

Son sac de plage en bandoulière elle prit sans attendre le chemin d'*Edisto Beach*, distante de quelques kilomètres.

Il était très tôt encore. L'immensité des dunes évoquait un désert. Elle se dirigea tout droit vers son emplacement préféré, s'étendit sur le sable doré et ouvrit un livre. Le soleil jouait agréablement sur sa peau nue. Elle s'étira voluptueusement et se laissa bientôt gagner par une douce somnolence.

— Voici donc comment vous occupez vos loisirs.

Elle se redressa, une main en visière pour se protéger de l'éclat du soleil.

— Oh ! c'est vous, dit-elle avec une mine désabusée en se replongeant dans sa lecture.

— Quel accueil !

Désinvolte, Mike s'assit à côté d'elle.

— C'est très gentil de me proposer de passer quelques instants avec vous. Il n'est jamais désagréable d'avoir un peu de compagnie. Vous ne prétendrez sûrement pas le contraire.

Elle se garda bien de répondre. Les yeux rivés à la page quatre de son roman, elle feignit d'ignorer sa présence.

— Vous lisez effroyablement lentement, remarqua-t-il après un long silence.

Elle retint un geste excédé.

— Vous voulez peut-être lire à ma place ?

— Vous savez, vous devriez vous coiffer plus souvent comme ça. Vous avez l'air d'une petite fille. Tout à fait gentille et... abordable.

Elle s'écarta avec nervosité.

— Que venez-vous faire ici ? Vous m'avez suivie ?

— Oh ! mademoiselle Danvers !... Nous sommes sur une plage publique, il me semble. Je suis venu me prélasser au soleil. Tout simplement.

Elle le toisa d'un regard dédaigneux.

— En jean et en polo à manches longues ? Ce n'est pas vraiment la tenue idéale.

— C'est que, voyez-vous, je comptais en profiter pour enrichir ma collection. *Edisto* est très réputée pour ses coquillages. Certains sont même très appréciés sur le marché. Je pourrais faire fortune si je voulais.

Son sérieux manqua la faire pouffer de rire.

— Je tiens beaucoup à ma tranquillité et les coquillages ne m'intéressent pas le moins du monde. Je vous conseille d'aller les ramasser tout seul.

Il contempla la plage avec une désinvolture affectée.

— Etonnant comme une étendue de sable

déserte peut parfois paraître étrangement familière.

Il tourna la tête pour la regarder droit dans les yeux.

— Vous ne trouvez pas ?

Un flot de sang envahit les joues pâles de Samantha. Elle n'y avait jamais pris garde mais c'était vrai : cette portion de plage avait servi de cadre à une soirée mémorable, sept ans plus tôt. Elle ne pourrait plus jamais venir se réfugier ici sans y penser.

— Vous n'avez donc pas oublié, murmura-t-il dans un souffle. Dites-moi, Sam. Vous vous souvenez de la soirée que nous avons passée ici dans ses moindres détails ou vous avez fait un tri parmi vos souvenirs ?

Elle referma son livre d'un geste sec.

— Je me rappelle parfaitement combien j'ai été heureuse de ne pas ajouter mon nom à la longue liste de vos conquêtes. J'ai toujours été persuadée de ma bonne fortune. Je plains sincèrement les malheureuses qui se précipitent dans vos bras pour se voir aussitôt supplanter par des dizaines de rivales.

— Seriez-vous jalouse, ma chère Samantha ?

— Dégoûtée, sans plus.

Elle ramassa son sac et se leva. Déjà elle lui tournait le dos et s'éloignait, la tête haute.

Elle étouffa un cri d'effroi quand il la saisit brutalement par le bras pour l'obliger à lui faire face. La colère étincelait dans ses yeux fauves.

— Espèce de petite pimbêche ! Ce n'est pas seulement extérieurement que vous êtes devenue froide et distante. Votre cœur aussi s'est transformé en iceberg ! Mais ne vous y fiez pas, Samantha ! Un jour viendra où vous trouverez votre maître et ce jour-là, je serai aux premières loges pour me réjouir de votre défaite parce que ce maître, ce sera moi. Vous vous traînerez à mes genoux pour me supplier de vous aimer, mademoiselle cœur de glace.

— Vous perdez la tête !

Paniquée, elle prit conscience de la solitude qui les entourait. D'une poigne implacable, il lui broyait le poignet. Elle ne chercha même pas à se débattre. Inutile : elle ne réussirait jamais à s'échapper. Sa voix devint venimeuse.

— Vous feriez mieux de vous occuper de Norma Durant ! Sinon, elle risque fort de vous fausser compagnie. Allez donc la rejoindre et laissez-moi tranquille !

Une étrange lueur passa dans le regard de Mike.

— C'est donc ça ! dit-il entre ses dents serrées.

Son étreinte s'était imperceptiblement relâchée. Samantha prit la fuite. A bout de souffle elle regagna le parking et grimpa dans sa voiture. La portière claqua. D'une main fébrile elle introduisit la clé de contact et la tourna. Une fois. Deux. Trois. Rien. Le moteur restait muet.

— Oh ! non ! gémit-elle en appuyant rageusement sur l'accélérateur.

Toujours rien. A bout de ressources elle ressortit de la voiture et, les poings sur les hanches, regarda autour d'elle d'un air perplexe.

— Des ennuis ?

Debout au sommet d'une dune Mike contemplait la scène en souriant.

— Absolument pas, répondit-elle en lui tournant le dos.

— Curieux. Au bruit j'aurais juré que la batterie était à plat. Mais si vous êtes sûre que tout va bien... A plus tard. Je retourne à mes coquillages.

Il fit demi-tour et se mit lentement en route vers le rivage.

Indécise, Samantha jeta un coup d'œil éperdu sur le parking désert. Elle risquait fort de passer toute la journée à attendre un éventuel sauveteur qui ne se présenterait peut-être même pas.

— Non !... Attendez !

Mike pivota doucement sur lui-même.

— Ma... ma voiture refuse de démarrer et je... je ne sais pas quoi faire. Je n'y connais rien en mécanique.

— Si j'accepte d'y jeter un coup d'œil, est-ce que vous n'allez pas me reprocher d'abuser de la situation ?

Elle secoua la tête d'un air piteux.

— Je vous en prie.

— Qui ?

Elle le dévisagea sans comprendre.

— En général quand on demande un service à quelqu'un, on a la gentillesse de l'appeler par son nom.

Elle baissa la tête et se tordit nerveusement les mains.

— Je vous en prie... Mike, chuchota-t-elle, les yeux fixés par terre.

Il la rejoignit et glissa une main sous son menton pour la forcer à le regarder dans les yeux.

— C'est donc si difficile ? Une seule syllabe. Si encore je m'appelais Vladimir ou Alexandre, je comprendrais. Venez. Allons voir ce qui ne va pas.

Il commença par se mettre au volant et tourna la clé de contact. Puis il souleva le capot.

— Vous l'aviez fermée avant de partir ?

— Non. Je la laisse toujours ouverte. La serrure de la portière avant se coince très facilement.

— Eh bien ! ma chère Samantha, on en a profité pour voler la batterie.

D'un geste éloquent il désignait un coin du moteur qui révélait un entrelacs de fils suspendus dans le vide.

— Et c'est pour ça qu'elle ne démarre pas ?

— Une voiture sans batterie c'est un peu comme un transistor sans pile, si vous voyez ce que je veux dire.

— Inutile de vous moquer de moi. Je n'y connais rien. Je sais qu'il faut mettre de l'huile et de l'essence, ce n'est déjà pas si mal. Pour le reste je m'adresse à mon garagiste. Que dois-je faire maintenant ?

— Aller chercher une batterie de rechange et la poser.

Il referma le capot, prit le sac de Samantha sur la banquette arrière, en sortit un trousseau de clés et ferma soigneusement la portière. Son expression ahurie eut le don de l'exaspérer.

— Qu'est-ce que vous imaginez ? Que je vais vous abandonner dans ce désert ? Venez.

— Mais... ma voiture !

— Elle ne risque rien. A moins d'avoir un camion pour la remorquer, impossible de la bouger d'ici.

Il avançait à grands pas sans même se soucier de savoir si elle suivait. Elle accéléra l'allure pour se maintenir à sa hauteur.

— Où allons-nous ?

— Je suis garé un peu plus haut, répondit-il sans la regarder.

A près d'un kilomètre de là il s'arrêta enfin devant une grosse moto rouge.

— Cela ne vous fait pas peur, j'espère, dit-il en enfourchant sa machine. Grimpez derrière, passez vos bras autour de ma taille et mettez-vous ça sur la tête.

Sans un mot elle prit le casque qu'il lui présentait et s'installa sur la selle.

— Prenez-moi par la taille. Vous n'avez rien à craindre : j'ai les deux mains occupées. Cessez donc de vous inquiéter.

Elle eut à peine le temps de comprendre ce qui se passait. L'engin se mit à rugir et elle s'empressa de saisir Mike à bras-le-corps pour ne pas basculer en arrière.

— Détendez-vous, ordonna-t-il par-dessus son épaule. Sinon vous allez tomber. Contentez-vous de vous pencher en même temps que moi.

— Je... je ne suis jamais montée sur une moto, avoua-t-elle d'une voix tremblante.

Les yeux fermés elle sentit qu'ils prenaient de la vitesse. Dans un virage, n'y tenant plus, elle rouvrit les paupières et constata avec consternation qu'ils se dirigeaient non pas vers Charleston mais dans la direction opposée.

— Vous faites fausse route ! hurla-t-elle pour couvrir le rugissement du vent à ses oreilles.

— Pas du tout. Laissez-vous conduire et admirez le paysage. C'est tout ce qu'on vous demande.

La moto vrombissait entre les collines et s'inclinait dangereusement dans les tournants. Au bout d'une demi-heure de chevauchée sauvage, Mike s'arrêta enfin devant une ancienne demeure coloniale transformée en hôtel.

— Inutile de vous offusquer, Sam. Je vous invite à déjeuner. Il faut bien que vous mangiez quelque part, même votre jour de congé.

— J'aimerais... me rafraîchir un peu avant de passer à table.

— Parfait, dit-il, visiblement soulagé de la voir accepter son invitation sans se faire prier.

Coiffée, maquillée, elle vint le retrouver à une table d'angle.

— Vous avez faim, j'espère.

— Une faim de loup, confessa-t-elle. Je n'ai pas pris de petit déjeuner.

On leur servit un copieux repas campagnard arrosé de vin blanc frais.

— Vous n'assistez jamais aux thés de ma tante ? demanda Mike en attaquant l'assortiment de charcuterie qui trônait sur la desserte.

— Aggie me laisse entièrement libre de mon emploi du temps. Elle me traite davantage en amie qu'en secrétaire, vous savez. Tout le monde ne le comprend pas très bien. A commencer par les vieilles dames qu'elle reçoit. Mais c'est sans importance. Je les vois si rarement.

— De belles chipies, à mon avis. J'ai eu l'occasion de les rencontrer il y a quelques années. Je n'avais jamais vu un tel rassemblement de mauvaises langues. Heureusement ma tante m'a donné l'autorisation de partir avant la fin. Elle devait avoir peur que je fasse un esclandre. J'en ai d'ailleurs été vivement tenté. La réaction de ces vieilles commères m'aurait beaucoup intéressé.

— Vous veniez souvent passer les vacances chez elle ?

— Aggie m'avait pris en pitié, je crois bien. Je suis le seul garçon de la famille, vous comprenez. L'enfant martyr. Mes quatre sœurs m'ont toujours ouvertement méprisé. Du moins jusqu'au jour où elles ont commencé à s'intéresser aux garçons et où elles ont trouvé bon d'accaparer tous mes amis. Pour le reste j'étais toujours en trop dans cet univers de fanfreluches. La maison ressemblait à un asile de fous. Rires, cavalcades, chamailleries... Mon père avait coutume de dire que mes sœurs auraient tout intérêt à se faire enlever parce qu'il ne pourrait jamais célébrer quatre mariages. L'aînée est déjà mère d'une adorable petite fille, la suivante vient juste de se trouver un époux et les deux plus jeunes hésitent encore à jeter leur dévolu sur les pauvres innocents qui rôdent autour de la maison sans savoir ce qui les guette.

— Ce doit être merveilleux d'avoir une grande famille.

— Vous n'avez pas connu une enfance aussi heureuse, c'est vrai. Votre grand-père était très sévère, si je me souviens bien.

Il posa gentiment sa main sur la sienne et lui sourit avec douceur.

— Pauvre petite Sam. Ce n'était sûrement pas très drôle.

Elle se défendit vaillamment contre l'attendrissement qui la gagnait.

— Finalement vous avez eu de la chance. Avec des frères vous auriez été obligé de partager votre chambre, vos jouets et toutes vos affaires.

— Exact. Partager la salle de bains et mes copains suffisait amplement. Je ne parle pas de mes tee-shirts et de mes jeans, ajouta-t-il en riant. Il n'y avait jamais moyen de les empêcher de venir fouiner dans ma chambre.

L'ambiance s'était considérablement détendue quand ils entamèrent la frisée aux lardons. Sans tenir compte des protestations de Samantha, il remplit une nouvelle fois son verre.

— Je vous assure, je ferais mieux de m'arrêter. Je me sens toujours un peu somnolente quand je bois à midi.

— Pensez-vous ! Vous êtes plus humaine, c'est tout. Et ce n'est pas moi qui m'en plaindrais. Jusqu'à présent vous m'avez fait l'effet d'un

43

robot parfaitement huilé mais sans âme. Vous êtes sans doute une secrétaire très efficace mais vous ne savez pas vivre, Sam. Pendant vos jours de congé, par exemple, vous pourriez vous amuser un peu au lieu d'aller vous terrer sur une plage déserte avec un livre.

Le visage de Samantha se ferma instantanément.

— Mon travail passe avant tout, dit-elle froidement.

— Vous n'avez pas d'amis ? Pas... d'amants ?

— Je n'ai pas le temps.

— J'ai peine à vous croire. Vous êtes jeune, charmante, intelligente et infiniment séduisante. Le passé en témoigne.

— Cela vous ennuierait-il de changer de sujet ?

Docile, il parla de ses voyages, de la petite maison de Mexico où il se retirait pour écrire et commença même à lui raconter le début de son nouveau roman. Elle avait retrouvé le sourire quand il proposa de quitter le restaurant.

Le vin blanc aidant elle oublia son anxiété et se laissa conduire en toute confiance par la machine rugissante sur les routes en méandres qui sillonnaient la campagne. Ils roulaient depuis un bon quart d'heure quand la moto eut plusieurs ratés et finit par s'arrêter dans un hoquet.

— Que se passe-t-il ? demanda Samantha en mettant pied à terre.

— Même si je le savais je ne vous le dirais pas. Ce n'est pas vous qui allez réparer, je suppose.

Le ton était si brusque qu'elle eut un mouvement de recul. Mike s'adoucit aussitôt.

— Excusez-moi. Vous n'y êtes pour rien. Allez donc vous asseoir, là-haut, dans cette jolie prairie. Avec un peu de chance, je ne tarderai pas à trouver la panne.

Elle grimpa lestement le talus et s'allongea dans l'herbe. Sur le bord de la route Mike avait enlevé son polo et, à plat ventre, inspectait le moteur de l'engin.

Son sac de plage sous la tête en guise d'oreiller elle se laissa bercer par le chant des oiseaux. Quand elle se réveilla, le soleil avait déjà accompli une bonne partie de sa course. A côté d'elle Mike était étendu de tout son long, les yeux fermés.

— Je n'ai pas voulu vous déranger, dit-il doucement. Vous dormiez tellement paisiblement. On aurait cru un ange.

Gênée, elle détourna pudiquement les yeux de son torse nu offert aux rayons du soleil.

— La moto est réparée ?

— Oui. Un écrou desserré.

— Dans ce cas nous ferions mieux de nous remettre en route.

D'un geste il l'empêcha de se lever.

— Vous voulez vraiment partir tout de suite ?

Lentement il lui caressa l'épaule et sa main vint se nicher au creux de son cou.

— Décidément votre cœur s'emballe pour un rien. Vous l'entendez ?... Vous avez peur, Sam ?

— Vous... vous savez pertinemment que je trouve ce surnom ridicule.

— Je veux bien vous donner du Samantha quand vous portez votre chignon de maîtresse d'école et vos tailleurs de vieille fille irréprochable mais, quand vous êtes jambes nues, avec les cheveux en bataille et des brins d'herbe partout, je ne peux pas m'empêcher de vous appeler Sam.

— Je vous en prie... arrêtez, chuchota-t-elle en essayant de fuir sa main qui dessinait de folles arabesques sur sa nuque.

Du bout des doigts, il écarta les mèches qui

flottaient devant ses yeux et dessina langoureuse-
ment le contour de son visage. Son pouce s'attarda sur sa bouche et malgré elle Samantha
ouvrit les lèvres pour goûter la saveur de sa peau
gorgée de soleil. Les yeux dans les siens, il la
tenait sous son charme.

La pointe de ses seins tendit le tissu de son
corsage. Inconsciemment elle ferma les yeux,
offrant avidement ses lèvres aux baisers de Mike.
Il prenait un malin plaisir à la faire languir.

Quand sa bouche prit enfin possession de la
sienne, Samantha se pressa fébrilement contre
lui. Les bras jetés autour de son cou elle se blottit
sur sa large poitrine et, la tête renversée en
arrière, s'abandonna aux délices d'une étreinte
farouchement virile.

Le temps semblait aboli. Ce n'était pas dans
une prairie piquetée de pâquerettes qu'ils se
trouvaient mais sur une plage de sable fin. C'était
la nuit. Sous le ciel étoilé de l'été elle s'apprêtait
à devenir une femme dans les bras de cet homme
étrange qui avait séduit son cœur d'adolescente.

Encouragé par sa passivité Mike entreprit de
déboutonner sa robe de plage. Elle ouvrit les
yeux et, revenant brutalement à la réalité, poussa
un cri de panique.

— Que se passe-t-il, Sam ? Vous ne voulez
plus ? Vous étiez pourtant très heureuse de vous
blottir dans mes bras.

Rouge de honte, elle reboutonna maladroite-
ment sa robe et dévala le talus.

Le voyage du retour s'accomplit dans un
silence tendu. Devant la maison d'Aggie, Mike
s'arrêta juste le temps de lui permettre de descendre. Les yeux baissés, son sac pressé contre
elle comme un bouclier, elle évitait son regard.

— Mer... merci pour le déjeuner et la promenade, balbutia-t-elle, comme une petite fille bien élevée.

— Je préviendrai le garage pour votre voiture. Si ma tante me demande, vous aurez l'amabilité de lui dire que je suis chez une amie. J'ignore quand je rentrerai.

— Norma Durant?

Elle se mordit les lèvres. Trop tard. Mike lui lança un coup d'œil oblique.

— Norma est une femme extrêmement chaleureuse et accueillante, répondit-il froidement.

Puis, sans un regard en arrière, il propulsa sa machine sur la route. Elle le suivit des yeux, plus morte que vive.

Chapitre quatre

Heureusement, Aggie dînait en ville. Samantha put se retirer très tôt dans sa chambre. Pelotonnée sur une chaise longue installée sur le balcon, elle regarda tomber la nuit. Elle se sentait horriblement lasse et complètement perdue.

A force d'étouffer ses sentiments, elle était parvenue à oublier ce qu'éprouve une femme dans les bras d'un homme passionné. Mais maintenant, les nerfs à vif, elle ressentait un vide immense. Elle ne cessait de pousser d'interminables soupirs. Peut-être était-il déjà trop tard. Cet après-midi sur la colline avait rouvert les blessures passées. Les souvenirs d'un été banni de sa mémoire remontaient en foule et elle ne parvenait plus à les chasser.

Cet été avait été le plus heureux de sa vie. Certes elle ne voyait pas Mike aussi souvent qu'elle le souhaitait mais elle s'arrangeait tout de même pour sortir une fois ou deux par semaine. Son grand-père avait beau ne rien dire il n'en pensait pas moins. Il avait remarqué les yeux brillants de sa petite-fille, son humeur joyeuse et ses brusques accès de mélancolie. Plus approchait la rentrée scolaire, plus elle redoutait d'entendre Mike lui annoncer son départ. Chacune de leurs rencontres lui procurait un plaisir accru. Elle ne pouvait plus se passer de lui. Quand il proposa un pique-nique sur la plage un soir de la semaine suivante, elle accepta avec joie et se mit à compter les heures avec impatience.

Une fois de plus elle fut obligée de mentir à son grand-père et parla d'une « soirée barbecue » chez Jeannie.

— Je te défends d'y aller, tu entends ! Je t'ai laissé beaucoup trop de liberté ces temps-ci. Pour ton propre bien il est préférable que tu restes à la maison pour t'occuper de tes tâches ménagères.

— J'ai toujours fait mon travail, se défendit-elle.

D'une voix tonnante l'aïeul coupa court à cette tentative de rébellion.

— Inutile d'insister : c'est non. Je commence à croire que j'ai eu tort de te permettre de fréquenter cette Jeannie. Elle a très mauvaise influence sur toi. Tu n'es plus la même depuis que tu la connais.

Samantha se garda bien de lui tenir tête. Tant pis : elle se passerait de sa permission. Elle s'arrangea avec Mike pour qu'il vienne la chercher en voiture et attendit que son grand-père soit parti à sa réunion hebdomadaire pour se faufiler hors de la maison. Il avait le sommeil lourd et ne l'entendrait certainement pas rentrer. Jamais il ne saurait qu'elle était sortie.

Jeannie lui avait à nouveau prêté des vêtements. Pas une robe de bal mais un jean et un tee-shirt, plus un tout petit bikini blanc qu'elle lui avait fait essayer lors d'un week-end où elles étaient ensemble.

— Oh ! non ! je ne peux pas mettre ça ! s'était écrié Samantha. On dirait que je suis toute nue.

Le soutien-gorge couvrait à peine ses seins

ronds et fermes. Le slip, minuscule, soulignait son ventre plat et accentuait sa taille svelte.

— Allons donc ! Tout le monde porte des bikinis. Il te va très bien, je t'assure.

Samantha en doutait. Son reflet semblait celui d'une étrangère. L'adolescente malhabile et anguleuse des derniers mois avait soudain fait place à une jeune fille élancée aux courbes très suggestives. Comme elle n'avait pas d'autre maillot elle accepta avec reconnaissance le cadeau de son amie.

Quand Mike vint la chercher il émit un sifflement admiratif.

— Je savais bien que se cachait une très jolie femme sous ces jupes informes et ces chemisiers délavés, fit-il en la voyant enfin habillée comme tout le monde. Vous êtes très bien en jean.

Elle rougit en pensant à ce qu'il dirait quand il découvrirait le bikini.

Il la conduisit jusqu'à *Edisto Beach* et choisit soigneusement un coin de plage désert entre deux dunes pour déplier les couvertures.

— On dîne tout de suite ou on se baigne d'abord ?

— Je suis plutôt pour le bain.

— Vos désirs sont des ordres, mademoiselle Danvers. A l'eau !

Il était déjà en maillot de bain et Samantha n'avait toujours pas bougé.

— Eh bien ! grande paresseuse. Déshabillez-vous !

Pour la première fois de sa vie elle allait être obligée de se dévêtir devant un homme. Confuse et maladroite, elle enleva gauchement son tee-shirt et fit lentement glisser son jean sur ses hanches. Quand elle releva la tête le regard de Mike posé sur sa peau nue la fit frissonner d'une manière incompréhensible. Un silence tendu s'installa entre eux. Les yeux brillants d'une fièvre inconnue, il se détourna enfin et dit d'une voix étrangement rauque :

— Venez. Allons nous baigner. Tout de suite.

Il la prit par la main et l'entraîna de force vers le rivage. Elle poussa un cri en entrant dans l'eau glacée mais il refusait de la lâcher et elle dut le suivre dans les flots tumultueux qui déferlaient sur le sable.

Puis il plongea vers le large. De l'eau jusqu'à la taille elle se contenta de sauter sur la crête des vagues.

Mike ne tarda pas à faire demi-tour pour la prendre en chasse dans un torrent d'éclaboussures. Secouée de rire, à bout de souffle, elle s'avoua vaincue et se laissa gentiment rouler dans l'écume. Il l'attrapa par la cheville et la tira vers le fond. Quand elle refit surface il avait disparu.

— Mike ? appela-t-elle, rieuse. Mike ?

Sous les feux du couchant, la mer étincelait comme un grand miroir frémissant. A perte de vue il n'y avait pas âme qui vive. Sa voix se fit pressante, anxieuse.

— Mike ? Où êtes-vous ? Mike !...

Une main froide se plaqua au creux de ses reins. Mike réapparut, les lèvres étirées dans un sourire radieux.

— Je vous ai fait peur ?

— Ne recommencez jamais... jamais ! cria-t-elle, au bord des larmes.

— Ne vous fâchez pas, Sam. Je voulais seulement vous faire une farce.

Sans un mot elle sortit de l'eau et courut vers les dunes.

D'un geste brusque elle s'empara d'une serviette et entreprit de sécher son opulente chevelure.

Mike la rejoignit, lui enleva la serviette des mains et lui frictionna vigoureusement la tête.

— Vous ne m'en voulez pas au moins ? C'était pour rire.

— J'ai horreur de ces plaisanteries stupides. Vous auriez pu avoir un malaise ou... vous noyer. Est-ce que je sais moi !

— Oh ! Sam, je suis vraiment désolé. Si j'avais su...

Elle releva enfin la tête, prête à lui pardonner les instants d'angoisse qu'elle avait connus. Mais ce n'était pas son visage qu'il scrutait avec une passion qui la fit frémir. Ses yeux étaient fixés beaucoup plus bas. Les joues soudain brûlantes elle se rendit compte que son bikini mouillé était pratiquement transparent. L'eau glacée avait durci ses seins. Leur pointe saillait impudiquement sous le regard enflammé de Mike.

Il se détourna avec humeur et lui lança son tee-shirt. Honteuse, elle s'empressa de l'enfiler. Ce n'était guère mieux. Le vêtement collait à sa peau, moulant son buste d'une manière particulièrement indécente.

— Je vais préparer le dîner, annonça-t-il d'une voix brusque.

Interdite par ce changement d'humeur qu'elle ne comprenait pas, Samantha s'activa autour de la glacière. La tête basse elle déboucha une bouteille de vin et réprima un sanglot.

— Pour l'amour du ciel, Sam ! Vous êtes tout de même assez grande pour savoir ce qu'il en est !

— Rien n'est moins sûr, répondit-elle dans un souffle, la tête toujours baissée pour dissimuler les larmes qui l'étouffaient.

Avec un soupir il se laissa tomber à genoux

devant elle. Du bout des doigts il effleura son bras nu. Affolée elle recula d'un bond.

— Parfois j'ai l'impression de me trouver devant une très innocente et très pure jeune fille, dit-il d'un ton rêveur.

— Parce que je ne ressemble pas aux autres femmes que vous connaissez ? demanda-t-elle, terrorisée de le voir si près de découvrir la vérité.

— Tout m'incite à croire que vous ne vous rendez absolument pas compte de l'effet que vous produisez sur les hommes.

— Moi ?

— Vous ne vous regardez donc jamais dans une glace ? Vous êtes une véritable beauté, Sam. Une très dangereuse beauté.

— Vous me trouvez vraiment belle ? s'étonna-t-elle avec ingénuité.

En guise de réponse il prit son visage entre ses mains et se pencha sur elle pour la contempler longuement.

— Très belle. Presque trop. Et cela me fait peur. Sans le savoir vous jouez avec le feu.

Ivre de bonheur elle voulut pousser son avantage. Elle était prête à tout pour que ce soir il sorte de sa réserve coutumière et lui donne enfin ce premier vrai baiser qu'elle attendait depuis le début de l'été.

— Je vous plais, Mike ?

— Oui, répondit-il d'une voix brève comme si la respiration lui manquait.

Avec une lenteur délibérée il promena ses lèvres sur ses paupières, effleurant son visage de caresses à peine ébauchées.

— Mike... chuchota-t-elle d'une voix suppliante.

— Oui.

Mais au lieu d'écraser ses lèvres sur les siennes, il dévora sa gorge de baisers brûlants. Eperdue, elle s'accrocha à lui en gémissant. Ce supplice la rendait folle. Presque inconsciemment elle pressa fiévreusement son corps tremblant de désir contre sa poitrine nue.

Enfin elle sentit sa bouche sur la sienne.

— Desserrez les dents, Sam, ordonna-t-il doucement en caressant ses lèvres du bout de la langue.

— Mais...

Il la fit taire d'un baiser ardent et passionné qui se prolongea indéfiniment.

Comme dans un rêve elle bascula sur la couverture. Tout son corps semblait avoir pris feu. Les mains de Mike faisaient chanter ses sens. Bientôt elle fut nue sous le ciel étoilé, les yeux hagards.

Penché sur elle il lui maintenait les bras au-dessus de la tête.

— Mike ? murmura-t-elle, brusquement effrayée par la peur de l'inconnu.

Les livres et les films d'éducation sexuelle ne l'avaient pas préparée à cette explosion sensuelle qui anéantissait son univers de jeune fille sage.

Lentement Mike approcha sa bouche du mamelon de son sein et se mit à le tirailler à petits coups de dents. Samantha poussa un gémissement impuissant. Son corps d'albâtre s'arqua à la rencontre des cuisses musclées qui l'écrasaient contre le sable.

— Caressez-moi, ordonna-t-il d'une voix brève.

Fébrile, elle explora son corps avec une ardeur juvénile. Le contact de sa peau sous ses doigts avides l'emplissait d'une bienheureuse ivresse. D'un geste pathétique elle agrippa ses hanches et se pressa davantage contre lui.

— Mike... je vous en prie, supplia-t-elle sans même comprendre ce qu'elle voulait dire.

Son instinct lui soufflait que Mike était le seul homme au monde capable d'assouvir l'étrange désir qui la consumait.

— Ce n'est pas bien, Sam.

— Si ! gémit-elle, affolée de le sentir s'éloigner. Si ! je veux, Mike. Je vous en supplie. Prenez-moi. Maintenant !

Tous les conseils de son grand-père ne servaient à rien. Mike allait rompre le dernier lien qui la retenait encore à l'enfance et elle n'en ressentait aucune honte. Seulement une joie dévastatrice et une reconnaissance infinie.

Il la repoussa brutalement et se leva d'un bond. Effarée elle le vit courir vers le rivage. Il plongea et disparut vers le large à grandes brasses vigoureuses.

Anéantie, elle demeura longtemps immobile au pied des dunes à verser des larmes silencieuses.

— Sam ?

Elle se raidit.

— Je regrette ce qui s'est passé. Je suis désolé.

Elle eut un petit rire.

— N'en parlons plus. Ce sont des choses qui arrivent. Sans importance.

— Vous êtes sûre ?

Il s'agenouilla et la prit tendrement dans ses bras.

— Vous êtes tellement vulnérable, Sam. A côté de vous je me fais l'effet d'une brute. J'ai terriblement peur de vous rendre malheureuse, malgré moi.

— Je comprends, oui, balbutia-t-elle, les yeux scintillants de larmes.

— Vous ne m'en voulez pas trop ?

— N... non.

Il la considéra pensivement, rageusement presque et se releva.

— Parfait. Venez dîner.

C'est alors seulement qu'elle prit conscience de sa nudité. Un flot de larmes l'aveugla. Elle se rhabilla précipitamment et courut le rejoindre.

Ils mangèrent en silence. Sa déception était telle qu'elle ne trouvait plus rien à dire. Le vide qui l'habitait semblait sans fond. Le monde entier n'existait plus. Murée dans sa douleur elle ne voyait rien de ce qui l'entourait. Mike but beaucoup. « Pour se calmer » déclara-t-il d'un ton sec.

Ils rentrèrent lentement en ville, dans un silence de plus en plus tendu. Il arrêta la voiture devant chez elle et, les mains sur le volant, fixa obstinément le pare-brise.

— Je dois partir en Allemagne d'ici quelques jours, annonça-t-il soudain sans la regarder.

Samantha eut l'impression que tout s'écroulait. C'était donc ça : il avait voulu lui offrir une soirée d'adieux en tête à tête. Et elle l'avait supplié de lui faire l'amour !

— Un... un nouveau roman ? Comme vous devez être content !

— Oh ! Sam, je vous en prie. C'est déjà suffisamment difficile. S'il ne tenait qu'à moi je ne partirais pas. Ce voyage est prévu depuis des mois. Tout était arrangé bien avant que je vous rencontre.

— Oh ! je comprends très bien.

— Vous ne comprenez rien du tout au contraire !

— A l'occasion, envoyez-moi une carte postale. Jeannie m'en a écrit de France et d'Angleterre mais je n'en ai encore jamais reçue d'Allemagne.

Sa voix se brisa. Elle fit mine de descendre de

voiture. Elle n'avait qu'une hâte : se réfugier dans sa chambre pour laisser libre cours à son désespoir.

Mike l'attrapa par le bras et l'obligea à le regarder en face.

— Sam, je vous en prie. Ecoutez-moi. Je...

— C'est donc ici que tu te caches ! tonna une voix dans la nuit.

La portière s'ouvrit brutalement et Samantha fut tirée dehors, pâle comme une morte.

— Pas si vite ! intervint Mike, belliqueux. Je ne sais pas qui vous êtes mais je vous interdis de lui parler sur ce ton !

— C'est... c'est grand-père, chuchota-t-elle d'une voix sans timbre.

— Vous m'interdisez ? J'ai tous les droits, moi, monsieur le redresseur de torts, bougonna l'aïeul en saisissant sa petite-fille par la manche. Tous les droits ! Non seulement je suis son grand-père mais je suis également son tuteur. Si je m'écoutais, je lancerais la police à vos trousses.

— La police ? En quel honneur ?

— Pour détournement de mineur, mon petit monsieur. Elle ne vous a donc pas dit qu'elle a tout juste dix-sept ans ?

— Sam !... Ce n'est pas vrai ?

Horrifiée, elle hocha piteusement la tête.

— Fichez-moi le camp ! ordonna le vieillard. Et ne remettez plus les pieds ici. Sinon...

— Mike ! Je vous en supplie, croyez-moi ! hurla Samantha tandis que son grand-père la traînait vers la maison. Mike, je ne voulais pas... Je...

— Tais-toi ! Rentre avant d'ameuter les voisins.

Dans la rue elle entendit la Lancia s'éloigner, emportant tous ses espoirs.

— Ainsi, tu es devenue aussi menteuse que ta mère !

— Comment as-tu osé ? gémit-elle. Comment ? Je n'ai rien fait de mal !

— Est-ce qu'il t'a touchée ? Est-ce que tu as fait quelque chose de défendu ? Réponds ! Qu'est-ce qu'il t'a fait ?

— Rien ! Nous n'avons rien fait de mal.

Il la toisa d'un regard méprisant.

— Va dans ta chambre et habille-toi convenablement. Tu me fais honte !

Elle claqua la porte derrière elle et donna deux tours de clé. Pour la première fois ce soir-là elle tint tête à son grand-père et refusa de lui ouvrir. Allongée tout habillée sur son lit, elle passa le reste de la nuit à pleurer. Mike allait partir en Allemagne et elle ne le reverrait plus. Il allait disparaître de sa vie et elle resterait seule avec ses espoirs déçus et son amertume. Le seul être qu'elle ait jamais aimé venait de la rejeter et elle n'avait même pas eu le temps de lui expliquer à quel point leur rencontre avait tout changé. Pas le temps de le remercier ni même d'analyser ce qui lui était arrivé pendant ces vacances... En toute innocence elle pleurait un amour qui n'avait même pas eu la chance de voir le jour.

Elle était jeune et profondément naïve. Au milieu de la nuit l'espoir naissait à nouveau dans son cœur déchiré. Ce n'était pas possible : Mike ne pouvait pas l'abandonner sans chercher à la revoir. Elle s'endormit enfin, l'esprit confiant.

Le lendemain matin son grand-père se montra intraitable.

— Tu ne le reverras jamais, ma fille. Il n'est pas de notre monde. Ton jeune godelureau est peut-être très bien pour la famille Bradshaw mais je n'en veux pas dans ma maison. N'oublie pas que tu n'as rien à lui offrir, ma fille. Tu es une orpheline.

— Tu ne le connais même pas ! Si tu parlais un peu avec lui tu verrais. Mike est... Mike est un homme merveilleux !

— J'aurais dû appeler la police. Il t'a complètement tourné la tête. Dorénavant tu passeras tes soirées à la maison. Puisque tu as oublié toute pudeur je te surveillerai jour et nuit. Tu es comme ta pauvre mère et si je te laisse faire tu finiras comme elle : mariée à un homme sans foi ni loi qui t'entraînera avec lui dans la tombe. Je t'avertis, ma fille : il n'en est pas question.

Elle se leva de table avec beaucoup de dignité.

— Je m'appelle Samantha, grand-père. Saman-tha. J'en ai assez de t'entendre m'appeler « ma fille » à longueur de journée. Assez de recevoir des ordres. Assez de...

La gorge nouée, elle courut s'enfermer dans sa chambre.

Les jours passèrent. Pas le moindre mot de Mike. Elle ne conservait plus aucun espoir quand un soir Jeannie lui téléphona. Mike venait de partir en Allemagne.

De ce jour, Samantha éleva une muraille entre elle et le monde extérieur. Mike l'avait cruellement trahie. Elle fit en sorte de ne plus jamais souffrir. Son cœur se dessécha et dans le désert de sa morne existence il n'y eut plus jamais place pour un seul élan de véritable sympathie.

La nuit était tombée depuis longtemps. Immobile sur sa chaise longue, Samantha ne dormait pas. Inconsciemment, elle guettait le retour de Mike. Les premières lueurs de l'aube la trouvèrent encore aux aguets. Elle finit par se glisser dans son lit et, la tête enfouie dans son oreiller, se mit à sangloter comme une toute petite fille perdue dans un univers de glace.

Chapitre cinq

Les jours suivants, Mike évita les étages inférieurs. Claquemuré dans son appartement, il
restait à sa machine une bonne partie de la
journée et sortait seulement en fin d'après-midi
pour ne rentrer en général qu'au milieu de la
nuit.

Samantha prit bientôt l'habitude de veiller
excessivement tard. Sans se l'avouer elle guettait
le rugissement de la moto sans arriver à dormir.

Le lendemain de leur escapade elle avait
trouvé sa voiture garée devant la porte, réparée,
révisée et lavée. La facture, apprit-elle, avait déjà
été réglée. Elle rédigea une courte note et la
glissa sous la porte de Mike pour savoir combien
elle lui devait. Il ne répondit jamais.

Chacun de leur côté ils continuaient à mener
une existence routinière. Samantha s'occupait du
courrier et des affaires d'Aggie. Mike de son livre
et... de Norma Durant qui faisait de fréquentes
apparitions dans les jardins de la propriété.

Une nuit, Samantha dormait profondément
quand la sonnerie du téléphone près de son lit la
réveilla en sursaut.

— Désolé de vous déranger, mademoiselle
Danvers, s'excusa le gardien qui faisait office de

standardiste. L'hôpital vient d'appeler. M. Trent a eu un accident. Il a demandé à ce qu'on ne prévienne pas sa tante.

— Un accident ?

Cette fois, elle était tout à fait réveillée.

— Merci, Frank. J'y vais tout de suite.

Elle enfila une robe, se donna un coup de peigne et se précipita dehors. Sa voiture filait dans les rues désertes que le soleil levant teintait d'ocre rosé. Mais Samantha ne voyait rien du décor somptueux qu'offrait la ville silencieuse.

Affolée elle se rua vers l'entrée des urgences.

— Mademoiselle Danvers ? s'enquit l'infirmière de la réception. Si vous voulez bien vous asseoir. M. Trent sera prêt à vous suivre dans quelques instants.

— Ce n'est donc pas trop grave ?

— Cela aurait pu être pire vu les circonstances.

Elle se mit à arpenter nerveusement la salle d'attente sans parvenir à calmer son inquiétude. Chaque fois que la porte s'ouvrait elle se retournait et fixait anxieusement le couloir. Mike ne paraissait toujours pas.

— Je suis navré de vous avoir sortie du lit, Sam.

Elle poussa un soupir de soulagement et pivota, le visage rayonnant de joie. Une ombre passa sur son visage. D'un regard hautain elle contempla le tableau qui se présentait à elle. Les joues blêmes, le bras droit prisonnier d'un plâtre d'une blancheur éclatante, Mike était assis bien droit sur une chaise roulante que Norma Durant, décoiffée et les yeux bouffis de sommeil, poussait avec un air de profond ennui.

— Je ne voulais pas déranger Aggie en pleine

nuit. Inutile de l'inquiéter, expliqua-t-il. Merci d'être venue si vite.

Samantha ignora son chaleureux sourire. Elle comprenait trop bien pourquoi il ne désirait pas « déranger » sa tante. La vieille dame éprouvait le plus grand mépris pour la tapageuse Norma Durant. Elle n'aurait certainement pas aimé savoir son neveu en si piètre compagnie.

— Vous ramener à la maison entre dans le cadre de mes fonctions, répliqua-t-elle le plus tranquillement du monde.

— Dans ce cas vous ne verrez sans doute aucun inconvénient à déposer Mme Durant chez elle en passant.

— C'est tout naturel.

Avec une royale indifférence elle prit la tête de la petite troupe en direction du parking.

— Incorrigible ! soupira Mike avec un sourire amusé. Pourquoi refusez-vous de fermer votre voiture à clé ? J'ai pourtant fait réparer la serrure, il me semble. Monte, Norma. Je vais m'installer devant.

— Mais, mon chéri... commença Mme Durant.

— Mets-toi derrière, je te dis.

L'infirmière qui les accompagnait tendit à Samantha un flacon de médicaments.

— Des sédatifs pour lutter contre la douleur, mademoiselle. Il peut en prendre deux en rentrant et deux autres au réveil. Puis-je compter sur vous pour veiller à ce que M. Trent se présente à la visite la semaine prochaine ?

— Je n'y manquerai pas.

Elle démarra en douceur pour ménager son passager qui, les traits tirés, grimaçait de douleur.

— Que s'est-il passé ?

— Un virage un peu trop rapide.

— Vous avez eu beaucoup de chance, madame Durant, remarqua-t-elle en lui lançant un regard noir dans le rétroviseur. Vous auriez pu vous retrouver dans le plâtre vous aussi.

— De la chance ? Je suis couverte de bleus et je me suis cassé deux ongles en tombant.

Son égoïsme laissa Samantha sans voix. Elle accéléra imperceptiblement, anxieuse de se débarrasser au plus tôt de sa présence.

— Tu m'excuseras si je ne t'accompagne pas jusqu'à ta porte, plaisanta Mike.

— On se voit demain ? minauda la jolie blonde en se penchant au-dessus de la banquette.

— Je ne crois pas. Je voudrais me reposer un peu si cela ne t'ennuie pas.

Elle se pencha davantage et l'embrassa goulûment sur la bouche. Samantha détourna discrètement les yeux pour ne pas assister à ces touchants adieux.

— Oh ! j'oubliais. Merci pour le bout de conduite, mademoiselle Danvers, dit Norma avec une douceur hypocrite. Et bonne nuit.

— Vous êtes trop aimable, répondit Samantha en enclenchant la première.

Avec un soupir Mike posa la tête sur le dossier de son siège.

— Nous serons bientôt arrivés, assura-t-elle d'une voix crispée. Où est votre moto ?

— A la casse.

— Vous pouvez remercier votre ange gardien, je crois.

— Si vous le dites...

Ils accomplirent le reste du trajet en silence. Elle l'aida à s'extirper de la voiture et lui offrit son soutien pour franchir les marches du perron.

— Je vous serais très obligé de m'accompagner jusque chez moi. Et surtout ne vous en faites pas : quand j'aurai grimpé les trois étages je ne serai certainement pas en état de mettre votre vertu en danger.

Sans un mot, elle l'escorta jusqu'à sa porte et alluma la lumière de l'entrée. Il traversa le salon où trônait sa machine à écrire et s'effondra sur un canapé.

— Je n'en peux plus! soupira-t-il, les yeux fermés. Vous pourriez m'aider à me déshabiller ?

Un sourire ironique joua sur ses lèvres exsangues.

— Seulement ma chemise, Sam. Je n'arriverai jamais à la déboutonner. Pour le reste n'ayez pas peur, je me débrouillerai tout seul.

Elle s'assit à ses côtés et entreprit précautionneusement de lui enlever sa chemise maculée de sang. Troublée par le contact de sa peau nue, elle se releva précipitamment.

— Voilà. Maintenant je vais vous laisser. Le temps de préparer vos médicaments et je retourne me coucher.

Elle lui apporta un verre d'eau qu'il but pour avaler ses comprimés.

— Avez-vous besoin d'autre chose ?

— De réconfort, oui. Mais pour cela ce n'est sûrement pas à vous qu'il faut s'adresser. Retournez donc vous terrer dans votre tour d'ivoire et restez-y le plus longtemps possible. Je m'arrangerai sans vous.

Piquée au vif elle battit en retraite jusqu'à la porte.

— Sam...

Il grimaça un pauvre sourire qui, un instant, éclaira son visage exténué.

— Merci pour tout, Sam. Je vous suis très reconnaissant.

Elle prit congé avec un hochement de tête et courut se réfugier chez elle.

Le lendemain elle avait les yeux horriblement cernés quand elle descendit déjeuner. Au pied de l'escalier la voix claire d'Agatha Pendleton la fit sursauter.

— Je ne trouve pas de mots assez forts pour qualifier ta stupidité, Michael. Tu te conduis comme le dernier des imbéciles. Tu n'es tout de même plus un gamin pour parader sur une machine infernale à travers toute la ville ! Surtout avec Norma Durant comme passagère.

— Norma ne mérite aucun reproche. Elle n'est absolument pour rien dans cet accident.

Gênée, Samantha remonta lentement quelques marches. Elle préférait attendre que l'orage s'apaise avant de se montrer.

— Ce ne sont pourtant pas les jolies femmes qui manquent ! continuait Aggie. Pourquoi faut-il que tu choisisses justement celle-ci.

— On peut savoir qui tu aimerais me voir courtiser ?

— Je n'ai évidemment pas de conseils à te donner mais tu n'aurais pas à chercher bien loin pour trouver une compagne adorable et beaucoup plus convenable.

— Oh ! je vois. Tu penses sans doute à ton efficace secrétaire.

— Samantha est une femme charmante. Tu ne peux pas prétendre le contraire. J'ai beaucoup de considération pour elle. Après tout...

— Ta « charmante » Samantha a un iceberg à la place du cœur. Sais-tu comment on la surnomme en ville ? « La Reine des Neiges ». C'est tout dire.

— Rien n'est moins vrai. Elle a un cœur d'or et

celui qui saura le conquérir sera grandement récompensé de sa peine.

— Peut-être. En attendant les paris sont ouverts. Dans les salons il n'est question que de ça. Qui sera l'heureux élu de cette statue de glace ? Qui arrivera à faire fondre la carapace ? Ça me donne presque envie d'essayer. Quelle belle revanche si je réussissais !

La réponse d'Aggie se perdit dans un éclat de voix.

— Laisse le passé dormir en paix ! tonna Mike. Même moi je ne suis pas certain qu'elle vaille la peine qu'on s'intéresse à elle. On la dit frigide et je ne suis pas loin de croire que c'est la triste vérité.

Mortifiée, Samantha s'enferma dans sa chambre. Quand elle redescendit sa décision était prise : elle clouerait le bec à ceux qui s'imaginaient avoir le droit de la juger avec tant de cruauté.

Elle avança sur la terrasse, un sourire d'emprunt sur ses jolies lèvres.

Mike ne lui octroya pas un regard.

Aggie lui souhaita gentiment bonjour et se remit à accabler son neveu de reproches.

— J'espère, dit-elle enfin, que cet accident te servira de leçon. Dorénavant, tiens-toi tranquille.

— Rien à craindre, répondit-il avec désinvolture. Ma moto est en miettes et je ne pourrai pas conduire avant longtemps. Je ne peux même plus taper à la machine.

— Et ton livre ?

— Je le dicterai au magnétophone. Mais, évidemment, je vais perdre beaucoup de temps.

— Tu aurais dû y penser avant. Remarque, je suis sûre que si tu le lui demandais gentiment,

Samantha ne refuserait pas de taper ton texte au propre.

Avec le sentiment de tomber dans un piège, Samantha réprima un haut-le-corps.

Moqueur, il se tourna vers elle.

— Ma chère mademoiselle Danvers, accepteriez-vous de venir en aide à un malheureux infirme ? Je vous dédommagerai généreusement, cela va sans dire.

— Je peux peut-être vous consacrer quelques heures chaque après-midi.

— Parfait. Les premières cassettes seront prêtes aujourd'hui même. Vous aurez la bonté de venir les chercher.

Elle se retira précipitamment dans son bureau et s'absorba dans son travail pour tenter d'oublier la situation impossible où elle se trouvait depuis la réapparition de Mike.

En fin d'après-midi, elle monta à contrecœur au troisième.

Assis devant sa table Mike finissait d'enregistrer une bande.

Gênée de troubler son intimité, elle balbutia :

— J'ai trouvé la porte grande ouverte.

— Je sais. Je n'avais pas envie de m'interrompre pour vous ouvrir. Tenez, j'ai deux cassettes pour vous.

— Je vous les remettrai dès que possible en même temps que les premières pages du manuscrit.

— Pas de zèle excessif, Sam. Je m'en voudrais si ma tante avait à se plaindre de vous à cause de ce surcroît de travail.

— Vous me connaissez mal, monsieur Trent. Personne n'a jamais eu à me faire le moindre reproche.

La tête haute elle sortit dignement, regagna son bureau et se mit aussitôt à la tâche.

La voix de Mike dans les écouteurs lui parut singulièrement douce et sensuelle. Il dictait à une vitesse très raisonnable et elle n'eut aucune difficulté à suivre. Entraînée par les rebondissements de l'intrigue elle ne tarda pas à perdre la notion du temps. Une servante dut frapper à sa porte pour la ramener à la réalité. Il était bientôt l'heure de dîner.

Elle monta se changer et, vêtue d'une longue robe blanche, rejoignit Aggie dans la salle à manger.

— Cette petite peste de Norma est venue chercher Michael pour l'inviter je ne sais où. Nous voici abandonnées à notre triste sort, mon petit.

— J'espère qu'il passera une agréable soirée. Puis-je vous servir un verre de sherry pour ouvrir l'appétit ?

Son air détaché ne trompa pas la vieille dame. Les sourcils froncés elle lui jeta un regard oblique.

— Vous m'inquiétez, Samantha.

— Vous avez tort, Aggie. Tout va très bien, je vous assure. C'est même très amusant de taper un roman.

— Il s'agit bien de ça ! Je m'inquiète de la vie que vous menez. Il serait temps pour vous de rencontrer enfin votre prince charmant.

— Je suis très heureuse comme je suis.

— Sincèrement j'en doute. J'ai été mariée plus de trente ans, mon petit. Trente ans de bonheur. Jonathan et moi formions un couple idéal et notre existence commune a été l'exemple d'un profond amour. Ce genre de vie vous conviendrait parfaitement. Il vous faut un époux tendre et aimant et de gentils enfants autour de vous.

— Certaines personnes ne sont absolument pas faites pour le mariage.

— Sans doute. Mais pas vous. Croyez-en mon expérience : vous êtes beaucoup trop belle pour rester vieille fille. Beaucoup trop romantique aussi. Vous devriez laisser parler votre cœur, Samantha... Avant qu'il ne soit trop tard.

Incapable de résister à la douceur printanière de la nuit, Samantha se faufila dans le jardin, enleva ses sandales dorées et releva l'ourlet de sa robe blanche pour fouler de ses pieds nus la pelouse soyeuse d'où montait un entêtant parfum.

— Suis-je plongé dans un rêve ou est-ce bien la belle Aphrodite qui approche ? Louée soit la nuit où il m'est permis de contempler dans toute sa gloire le délicieux visage de cette chère Vénus, déesse de l'Amour.

Samantha pivota gracieusement et découvrit Mike, immobile à l'autre bout du patio où murmurait un jet d'eau dans une vasque de marbre.

Il s'avança et prit délicatement ses sandales qu'il fit danser au bout de son index.

— Mais ne seriez-vous pas plutôt cette ravissante Cendrillon dont j'ai tant entendu parler ?

— Mes chaussures, s'il vous plaît, dit-elle en tendant la main.

Il les leva un peu plus haut, hors de portée.

— Je veux bien vous les rendre mais il faut payer le tribut réglementaire.

— J'attendrai de connaître votre prix.

— Les femmes du sud des Etats-Unis possèdent une voix très agréable mais la vôtre est tellement mélodieuse... On dirait le chant d'une sirène, doux, enivrant et... terriblement dangereux pour le simple mortel que je suis.

— Me prendriez-vous pour un esprit de la nuit ?

— Non, ma très charmante Samantha. Vous êtes un être de chair et de sang tout à fait réel et remarquablement séduisant quand vous voulez bien vous en donner la peine.

— Tiens ! Moi qui croyais être un iceberg !

— Oh ! oh ! vous avez surpris ma conversation avec Aggie. Ignorez-vous qu'il est très mal élevé d'écouter aux portes ?

Elle s'écarta vivement pour fuir sa main posée sur son bras nu.

— Je ferais mieux de rentrer maintenant.

— Vous oubliez vos chaussures.

— Vous pourrez toujours m'envoyer la note plus tard.

Malgré son plâtre, il la saisit vivement par la taille pour la plaquer contre lui.

— Oh ! non. Je ne m'y risquerai pas. Si je vous laisse partir maintenant vous allez à nouveau vous transformer en une belle statue de marbre. Où se cache-t-elle, Sam ? Où se cache la femme adorable que me décrit ma tante ? Où est la petite Sam avide de caresses que j'ai tenue dans mes bras ?

— Je... je ne comprends pas où vous voulez en venir.

Son étreinte devint plus possessive. Sans lui laisser le temps de protester il dévora sa gorge de baisers. Sa langue traça une ligne de feu le long de son décolleté, effleurant amoureusement sa peau nacrée.

Le cœur aux abois, elle s'agrippa à sa veste pour ne pas vaciller et poussa un gémissement de plaisir mêlé d'effroi. Entre le pouce et l'index il saisit la pointe de son sein et le pinça de plus en plus fort.

Instinctivement, elle leva vers lui ses lèvres frémissantes. Il dénoua ses cheveux et, sa main valide sous la masse luxuriante de ses boucles, écrasa sa bouche d'un baiser conquérant.

— Enfin, je vous retrouve, chuchota-t-il dans un souffle brûlant. Ecoutez votre corps, Sam. Il ne reste pas de glace, lui.

— Toutes mes félicitations, monsieur Trent, répliqua-t-elle sèchement. Courtiser une femme quand on vient de faire l'amour à une autre me semble une performance assez peu commune. Sans doute consommez-vous beaucoup de vitamines pour vous maintenir en forme.

Pendant un moment interminable il conserva une immobilité inquiétante.

— Si vous étiez un homme je vous demanderais raison de vos insultes.

— Dois-je me considérer heureuse d'être une femme ?

— Une femme ? Les années n'ont rien changé, Samantha. Vous êtes toujours une gamine inconsciente qui joue avec le feu. Il y a sept ans vous avez eu de la chance, oui. Mais cette fois je ne tomberai pas dans le piège. Ce soir-là sur la plage je pensais tenir dans mes bras une femme, justement. Une femme particulièrement timide mais responsable de ses actes. Pas une vierge effarouchée dont la place était à la nursery. Vous vous êtes bien gardée de me dire la vérité. Mademoiselle avait sa vanité, sans doute. Elle était trop heureuse de jouer les « grandes ». Trop heureuse de mener par le bout du nez un homme dont elle avait su éveiller la confiance. Le jour viendra où il vous faudra payer le prix de vos mensonges. Comptez sur moi.

Les larmes aux yeux elle s'enfuit à travers les jardins baignés de lune. Jamais elle n'aurait soupçonné en Mike autant de cruauté. Devant ses accusations mensongères elle restait sans défense. Sans défense aussi devant l'attrait diabolique qu'il exerçait sur elle.

Le lendemain matin, au sortir de sa chambre, elle trébucha sur un paquet. Elle l'ouvrit, lut la carte placée sur le dessus et se sentit pâlir.

« A Mlle Samantha Danvers
Une paire de sandales dorées
Payée comptant »

Les semaines s'écoulèrent sans qu'ils se croisent une seule fois. Chaque matin elle trouvait une cassette ou deux sur son bureau. Dans son antre Mike travaillait à ce qu'elle ne l'oublie pas. Les messages personnels qu'il glissait ici et là l'obligeaient en général à observer une pause pour retrouver son sang-froid.

Un jour c'était :

— J'espère que ces scènes érotiques ne vous paraissent pas trop choquantes. Si jamais elles vous donnaient des idées, je me tiens à votre disposition pour satisfaire votre frustration.

Et elle arrachait la feuille de sa machine d'un geste rageur.

Puis le lendemain :

— Le chapitre à venir risquant de vous sembler un peu aride n'hésitez pas à venir vous désaltérer chez moi. Un délicieux café vous attend.

Une fois même il s'interrompit au beau milieu d'un dialogue pour remarquer :

— J'ai l'impression que mes messages ne sont pas très bien reçus. Au risque de me répéter, je vous certifie qu'auprès de moi vous trouverez tout ce dont vous avez besoin pour vous détendre un peu et voir la vie sous un jour plus plaisant. Si vous en doutez, je peux fournir des références.

Lasse de ce petit jeu elle posa en évidence sur les pages dactylographiées que Mike venait prendre en son absence un petit mot très sec le priant de ne plus lui adresser ces messages stupides. Sinon, bras cassé ou pas, il se débrouillerait tout seul pour taper son roman.

Dès le lendemain le ton des cassettes changea. D'une voix brève et rapide qu'elle avait parfois du mal à suivre, il se contenta dorénavant de dicter son texte avec une rigueur toute professionnelle. Si ses plaisanteries lui manquaient, elle n'en laissa rien paraître. Et puis il n'y eut plus de cassettes du tout : Mike était guéri et n'avait plus besoin de ses services.

Elle reprit sans joie le cours d'une existence qui soudain lui paraissait d'une monotonie mortelle.

Chapitre six

Un matin Aggie l'informa qu'elle attendait la visite de son avocat.

— Il doit m'apporter des papiers à signer vers cinq heures. Soyez gentille, assurez-vous que Marion nous serve le thé sur la terrasse. Il fait trop beau pour rester enfermé.

— Je suis bien de votre avis. Y a-t-il autre chose ?

— Je ne crois pas. Ah si ! Je pense descendre en ville chercher un tailleur que j'ai fait retoucher. Vous pourriez m'accompagner.

Une heure plus tard, elles prenaient place dans la BMW de Mme Pendleton. Le chauffeur les déposa devant la maison de couture où la vieille dame avait depuis toujours coutume de s'habiller.

Elle vérifia les retouches d'un œil expert, laissant une Samantha désœuvrée errer sans but dans l'immense salon d'essayage.

L'austérité du décor visait à mettre en valeur les étoffes somptueuses des tenues de soirée négligemment déployées sur les fauteuils. L'une d'elles attira son regard. D'un bleu profond et d'une coupe discrètement audacieuse ; à partir de la taille soulignée par une ceinture de soie argentée qui rappelait les épaulettes du corsage, la longue jupe de moire s'évasait en une corolle aux reflets irisés. Timidement elle s'approcha et tendit une main hésitante.

— Elle est à vous, dit doucement Mme Pendleton.

— Oh ! Aggie. Ce n'est pas une robe pour moi.

— Ta ta ta, mon petit. C'est tout le contraire justement. Ruth, ajouta-t-elle en se tournant vers la vendeuse. Est-ce bien un quarante ?

— Oui, madame, s'empressa l'employée en lui adressant le sourire réservé aux meilleures clientes de l'établissement.

— J'aimerais que Mlle Danvers l'essaie immédiatement.

Quelques instants plus tard Samantha tourbillonnait devant la glace, les joues roses de plaisir.

— Eh bien ! je ne me suis pas trompée. Elle est faite pour vous. Je la prends. Ruth, vous pouvez l'empaqueter.

Sidérée, Samantha tenta de protester. Peine perdue. Aggie était catégorique.

— Rien ne m'empêchera de vous l'offrir, mon petit. Après tout vous êtes tenue de me représenter de temps en temps. C'est un vêtement de fonction, sans plus.

— Vous auriez sans doute pu choisir un uniforme moins coûteux. Jamais je ne pourrai vous remercier comme il se doit.

Avec un sourire elle lui tapota amicalement la joue.

— J'ai déjà été amplement récompensée, mon petit. Vous avez l'air heureuse. Cela me suffit.

Quand Samantha pendit la robe de moire à côté de ses autres vêtements, beaucoup plus modestes, elle ne put s'empêcher de se demander si elle aurait jamais l'occasion de la sortir de son armoire.

A l'heure du thé, elle rejoignit Aggie et ses visiteurs sur la terrasse. Le vieil avocat se leva avec empressement pour la saluer. Le jeune homme assis à ses côtés l'accueillit d'un long regard admiratif.

— Mademoiselle Danvers, laissez-moi vous présenter mon nouvel associé : Keith Manning.

— Enchanté, monsieur Manning.

— Ravi de faire votre connaissance, mademoiselle Danvers.

Vingt-huit ans, une carrure d'athlète et un sourire éblouissant, il arborait l'assurance d'un homme qui se sait très séduisant.

Abandonnant M\ :sup:`me` Pendleton et M. Sayres à leur discussion d'affaire il monopolisa l'attention de Samantha.

— Vous êtes originaire de Charleston ? demanda-t-elle, légèrement troublée par l'éloquence de ses œillades.

— Je suis de Richmond, mademoiselle. Je viens seulement d'arriver pour entrer au service de M. Sayres. Et j'avoue que je ne regrette pas ce changement.

— Samantha, intervint Aggie. Peut-être pourriez-vous emmener M. Manning visiter le jardin. En cette saison la roseraie est un tel enchantement.

— Vous ne voyez pas d'inconvénient à ce que je vous appelle Samantha ? dit-il dès qu'ils furent seuls en tête à tête. Puis-je vous confier un secret ? Je suis réellement enchanté de vous rencontrer. M. Sayres m'avait parlé de vous, bien entendu. Mais son portrait ne correspondait pas du tout à la réalité. Je m'attendais presque à une vieille fille revêche affublée de chaussures ortho-pédiques. Je suis très heureux d'être détrompé.

— Pauvre M. Sayres ! Que vous a-t-il donc raconté ?

— Oh ! rien de particulier. Seulement il ne cessait de louer vos mérites. « Vous verrez, mon cher, Mlle Danvers est une secrétaire accomplie. » Il a tout simplement oublié de dire que vous êtes aussi une beauté.

Rassurée par ses manières d'homme du monde, elle ne prit pas ombrage de ce léger badinage. Au contraire.

— Vous êtes trop flatteur, monsieur Manning.

— Keith, corrigea-t-il en captant son regard.

— Keith, répéta-t-elle en rougissant légère-ment.

— Auriez-vous suffisamment pitié d'un mal-heureux étranger tout nouvellement arrivé dans votre jolie ville pour accepter de dîner avec moi vendredi soir, Samantha ?

Sans y voir le moindre mal, elle accepta de bonne grâce.

Soudain Mike apparut au détour d'une allée. Les présentations faites, Keith s'esquiva rapide-ment.

— Vous m'excuserez, M. Sayres m'attend. A vendredi, huit heures, si vous êtes d'accord, Samantha ?

— Parfait, acquiesça-t-elle avec un charmant sourire. Je serai ponctuelle.

— Voici un jeune monsieur qui ne perd pas son temps, commenta Mike d'un ton sec. Il réussit à vous inviter dès votre première rencontre. Fulgu-rant !

— Keith est un gentleman. Cela fait toute la différence. Mais, évidemment, vous ne pouvez pas comprendre.

— Annulez ce rendez-vous, Sam.

— Et depuis quand me donnez-vous des ordres ?

— Oh ! c'est seulement un conseil. Votre « gentleman » ne m'inspire pas confiance. Il n'appartient pas à votre monde de princes et de bergères.

— Qu'en savez-vous ?

Excédée elle s'éloigna sans un regard.

— Samantha !

Avec un haussement d'épaules dédaigneux, elle se contenta de presser le pas.

— Keith Manning est un jeune homme très comme il faut, remarqua Aggie au cours du dîner. Vous ne trouvez pas, Samantha ?

— Si, répondit-elle, les yeux baissés. Il m'a invitée à passer la soirée avec lui, vendredi.

— Vraiment ? J'en suis ravie pour vous, mon petit. Ce jeune garçon est encore plus perspicace que je l'imaginais.

— Il ignore à qui il a affaire, tout simplement.

— Michael ! Je t'ordonne de présenter immédiatement des excuses à Samantha.

— Non, dit-elle, les joues soudain très pâles. Pourquoi votre neveu devrait-il s'excuser ? Tout le monde le sait : j'ai un cœur de glace. Je suis une citadelle imprenable. Si vous permettez...

La tête haute, elle parvint à quitter la salle à manger sans laisser deviner l'horrible douleur qui la déchirait.

Le paisible spectacle du patio endormi sous la lune l'aida à retrouver un certain calme.

— Sam ?... Sam, je suis désolé pour tout à l'heure.

— Quelle idée ! riposta-t-elle sans se retourner. Si quelqu'un doit être désolé, c'est moi. Mais ne vous inquiétez pas. Nous allons remédier à cet état de choses. Vous verrez, Keith Manning n'est que le premier d'une longue liste.

— A votre place je me méfierais. Il vous dévore des yeux comme s'il brûlait de vous déshabiller.

— Il n'est pas le seul, il me semble.

— Peut-être mais mes intentions sont pures et nobles. Pas les siennes. Vous n'avez jamais eu à me reprocher ma façon de vous regarder.

— J'étais tellement jeune et naïve à l'époque.

— Jeune, sans doute. Naïve, jamais. Vous étiez trop anxieuse de découvrir l'amour. Trop heureuse d'avoir trouvé un maître.

Le cœur douloureux, elle se raidit. Elle avait trouvé un maître, oui. Un maître bien cruel qui lui avait enseigné la souffrance et le désespoir.

— A quoi bon pousser plus avant une conversation aussi oiseuse ?

— Sam !

Il la retint par le poignet et scruta son visage impénétrable.

— Je pense à votre bien, c'est tout. Je serais désolé de vous voir entraînée dans une situation scabreuse.

— Vous devriez vous réjouir, au contraire. Je vais enfin réaliser vos souhaits les plus chers : sortir de ma réserve et laisser parler mon cœur.

Cette fois, quand elle fit mine de s'éloigner, il ne la retint pas.

La semaine passa à la vitesse de l'éclair. Le vendredi soir elle revêtit une robe d'un rouge flamboyant, releva ses cheveux sur le côté par un peigne d'écaille scintillant de strass et aviva l'éclat de son regard d'un trait d'eye-liner soigneusement appliqué. Pour compléter le tout elle laqua ses ongles d'un vernis éclatant et se parfuma abondamment.

Keith ne ménagea pas ses compliments.

— Jamais je n'aurais rêvé compagnie plus exquise pour partir à la découverte de la ville, dit-il en lui ouvrant la portière d'un magnifique coupé blanc. Je vais faire des envieux ce soir.

— Moi aussi, assura-t-elle avec son plus éblouissant sourire.

Ils dînèrent dans un restaurant indien très réputé dont les mets fortement épicés enflammèrent le palais délicat de Samantha.

Puis ils s'installèrent au bar pour déguster un café turc extrêmement corsé. Trois danseuses apparurent dans un costume très succinct qui accrochait la lumière des projecteurs. Elles se contorsionnaient avec une souplesse étonnante, accomplissant sous l'œil des consommateurs médusés ce qu'on appelle communément « la danse du ventre ».

Un spectacle particulièrement suggestif et sensuel que Keith apprécia en connaisseur. Mal à l'aise, Samantha fut heureuse de quitter la salle enfumée.

Il la raccompagna jusqu'à sa porte et prit congé avec beaucoup d'élégance.

— J'ose espérer que cette soirée ne sera pas la dernière, fit-il doucement en prenant sa main entre les siennes.

— Je l'espère aussi, répondit-elle en se répétant pour la millième fois qu'elle n'avait rien à craindre de ce parfait gentleman.

Il porta sa main à ses lèvres et déposa un long baiser au creux de sa paume parfumée.

— Je ne tarderai pas à vous téléphoner, radieuse Samantha. Et pas seulement pour vous demander de vos nouvelles.

Le lendemain elle disposait dans un vase du salon la magnifique gerbe de roses qu'elle venait de recevoir quand la voix sarcastique de Mike retentit derrière elle.

— Monsieur le joli cœur vous envoie des fleurs ?

— Elles sont belles, n'est-ce pas ? dit-elle en reculant pour admirer le bouquet.

— Votre Manning sait y faire. A-t-il déjà obtenu ce qu'il voulait ou est-ce la dernière étape avant l'hallali ?

— Vous êtes mieux placé que moi pour savoir comment procède un séducteur, monsieur Trent ! ajouta-t-elle en l'observant d'un œil moqueur. La jalousie vous empêcherait-elle de parler ? Seriez-vous vexé de voir quelqu'un réussir là où vous avez si lamentablement échoué ?

— Comme il vous plaira, jeune dame. Puisque vous êtes si maligne, débrouillez-vous toute seule. Mais ne venez pas vous plaindre si votre « gentleman » outrepasse ses droits. Je vous aurais prévenue.

Il tourna les talons et s'en fut.

— Parfait, murmura-t-elle en redressant une rose jaune pour équilibrer son bouquet.

Mike tint sa promesse. Il s'enferma chez lui et travailla à son roman. Elle le voyait rarement et le plus souvent dans le jardin, quand il allait ou rentrait de chez Norma. Pourtant chaque fois que l'occasion se présentait, il ne manquait pas de faire des remarques désagréables au sujet de Keith.

— Michael, cette fois c'est assez ! intervint sèchement Aggie un soir après dîner. Keith est un homme charmant. Je suis très heureuse de l'intérêt qu'il porte à notre petite Samantha.

— Une seule chose l'intéresse : savoir combien de temps il faudra pour la faire entrer dans son lit.

— Vous avez l'esprit horriblement mal tourné, monsieur Trent, commenta tranquillement Samantha. Fort heureusement tout le monde ne souffre pas des mêmes obsessions que vous.

— Oh! cessez immédiatement! ordonna Aggie avec autorité. Vous vous conduisez comme de jeunes sots, tous les deux. Quant à toi, Michael, si tu n'es pas capable de reconnaître les qualités de M. Manning, fais-nous grâce de ton opinion à son égard. Je te prierai de te montrer correct vis-à-vis des gens qui fréquentent ma maison. Keith et Samantha y compris.

— Je ne suis plus un gamin, tante Aggie. Tes remontrances ne m'empêcheront pas de dire ce que je pense. Si ce blanc-bec fréquente ta maison, c'est uniquement pour pouvoir crier sur les toits qu'il a « eu » ta secrétaire. Après quoi tu n'entendras plus jamais parler de lui. Quand il aura gagné son pari, fais-moi confiance, il ne se montrera plus ici.

— En quoi cela vous regarde-t-il? s'exclama Samantha, les yeux étincelants de rage. J'en ai assez d'être considérée comme une demeurée. Je sais parfaitement ce que j'ai à faire. Laissez-moi donc vivre ma vie. Vous n'êtes... Oh! et puis à quoi bon!

Elle se leva d'un bond et quitta précipitamment la pièce.

Aggie observa son neveu d'un air songeur.

— Je m'étonne de la voir réagir si violemment, Michael. Elle est toujours si fière de sa maîtrise de soi. Tu sembles exercer sur elle...

— Tu serais bien gentille de rester en dehors de cette histoire, coupa-t-il brutalement. Qu'il te suffise d'avoir manigancé ce qui arrive.

— Mon cher Michael, ta grossièreté me confond. Comment oses-tu me parler sur ce ton?

Je n'ai rien « manigancé », mon cher petit. Je me suis contentée de les présenter l'un à l'autre. Le reste est le fait des circonstances.

Quand Keith apparut quelques jours plus tard, il trouva Samantha parée comme une princesse et auréolée d'une beauté nouvelle. La masse aile de corbeau de sa chevelure négligemment répandue en vagues souples sur ses épaules, elle était moulée dans un fourreau de satin noir qui dénudait sa gorge beaucoup plus que de coutume. Niché entre ses seins luisait un pendentif d'onyx pendu à une longue chaîne d'or.

— Vous embellissez, chuchota-t-il en lui pressant la main. Jusqu'où m'entraînerez-vous ainsi, déesse au cœur cruel ?

Gênée par l'insistance de son regard, elle tenta de plaisanter.

— Je n'embellis pas du tout. Vous avez le temps de m'oublier entre chaque visite, c'est tout !

— Je ne supporte plus d'être loin de vous, Samantha. J'aimerais rester à vos côtés nuit et jour.

— Nous sommes ensemble ce soir, répondit-elle avec une légèreté affectée. N'est-ce pas le plus important ?

Ils commencèrent par aller au théâtre puis soupèrent aux chandelles et finirent la soirée dans un dancing à la mode. Pour la première fois, Keith se départit de ses manières d'homme du monde. Dès qu'ils furent sur la piste, il l'enlaça étroitement et caressa ses hanches d'une façon particulièrement indécente. Sans comprendre ce qui lui arrivait Samantha tenta instinctivement de garder ses distances. Elle était soudain en proie à un dégoût insurmontable qu'elle dissimulait mal.

La gorge nouée, incapable de lutter contre l'angoisse qui la paralysait, elle manqua hurler de terreur quand, pressé contre elle, Keith promena ses lèvres sur son oreille. Sur le point de le supplier de la ramener immédiatement chez elle, elle croisa le regard de Mike à l'autre bout de la salle. Un instant, son cœur cessa de battre.

Pendue à son cou, comme en extase, Norma Durant paraissait au comble du bonheur.

D'un air narquois, Mike lui adressa un petit clin d'œil, l'air de dire « Bravo, mon petit. Vous êtes en bonne voie. Moi-même, si j'étais libre... Malheureusement... »

Par défi, elle passa ses bras derrière la nuque de Keith qui se crut aussitôt autorisé à poursuivre son avantage.

Ce soir-là, elle but beaucoup de champagne. Sans doute aurait-elle la migraine à son réveil mais peu importait. Elle était trop heureuse de pouvoir montrer à Mike qu'elle aussi savait s'amuser, comme il disait. Elle n'en fut pas moins soulagée de les voir disparaître, lui, son sourire moqueur et sa trop voyante cavalière.

Quand Keith gara la voiture devant la maison, il ne descendit pas tout de suite lui ouvrir la portière comme il en avait l'habitude. Il se tourna vers elle et posa sa main sur la sienne.

— Jusqu'à présent, je vous considérais comme une délicate porcelaine de Saxe, excessivement fragile. Mais ce soir vous m'avez prouvé qu'il n'en est rien. Nous sommes faits pour nous entendre. Le sang qui coule dans vos veines est aussi ardent que le feu qui me dévore.

Sa main remonta lentement jusqu'à son épaule nue. Elle eut un mouvement de recul.

— Il est affreusement tard, Keith. Je dois rentrer maintenant.

Les yeux fixés sur la chaîne d'or lovée entre ses seins, il ne parut pas entendre.

— Si vous saviez ce que j'endure depuis le premier jour! Je brûle de désir, mon cœur. Ne me faites pas languir plus longtemps.

Elle n'eut même pas l'occasion de réagir. Il fondit sur elle et écrasa sa bouche sous un baiser d'une brutalité bestiale.

— Non! cria-t-elle en tentant de le repousser.

— Venez chez moi, Samantha. Je veux vous faire l'amour dans un cadre agréable et raffiné. Pas à la hussarde sur la banquette de ma voiture. Venez. Je vous raccompagnerai à temps pour le petit déjeuner.

Au bord de la nausée, elle se débattit faiblement pour fuir une étreinte qui la répugnait.

— Je vous en prie, Keith. Ne gâchez pas notre belle amitié.

— Amitié? Que m'importe l'amitié! C'est vous que je veux, Samantha. Et je vous aurai.

La main dans son corsage, il tira sur son soutien-gorge de dentelle. L'étoffe se déchira avec un craquement sec.

Soudain, la portière s'ouvrit et une main énergique tira Samantha hors de la voiture. Un instant, elle crut que tout recommençait : son grand-père venait la surprendre et l'obligeait à rentrer à la maison. Un détail ne concordait pas cependant : Mike s'était toujours montré correct. Jamais il n'aurait adopté la conduite de Keith.

Affolée, elle leva les yeux vers son sauveur. Les traits crispés, les poings serrés, Mike la repoussa sans ménagement et se pencha à la portière.

— Je vous accorde trente secondes pour disparaître, Manning. Et ne revenez pas. Si jamais vous la touchez, je vous tue. Croyez-moi, ce n'est pas une promesse en l'air. Je le ferai.

— Elle n'a que ce qu'elle mérite, se défendit l'avocat.

— Filez ! ordonna Mike en claquant la portière.

Le coupé s'éloigna dans un rugissement rageur. Les poings toujours serrés, Mike se retourna. La pâleur excessive de Samantha l'incita à garder pour lui les reproches qu'il s'apprêtait à lui faire.

— Suivez-moi.

Il la poussa dans le salon et l'obligea à s'asseoir dans un fauteuil.

— Tenez, buvez, ordonna-t-il en lui présentant un verre de cognac.

Elle secoua lentement la tête.

— J'ai déjà beaucoup trop bu.

— Je sais. Mais cela vous aidera à vous remettre de vos émotions. Vous tremblez comme une feuille.

A contrecœur, elle trempa ses lèvres dans le verre.

— Videz-le, Sam. Jusqu'à la dernière goutte.

Il posa le verre vide sur une table basse et sans effort la souleva dans ses bras.

— Je peux marcher, protesta-t-elle.

— Vous ne tenez pas debout. Comment voulez-vous monter l'escalier ?

Elle laissa aller sa tête sur son épaule et ferma les yeux.

Il la déposa sur son lit et, sans même prendre le temps d'allumer la lumière, entreprit aussitôt de la déshabiller.

— Non... murmura-t-elle d'une voix pressante. Non. Je vous en supplie.

Il s'agenouilla à son chevet et prit doucement ses mains dans les siennes.

— Pour qui me prenez-vous ? Je n'ai rien d'un obsédé sexuel. Je suis tout à fait capable de garder mon sang-froid en présence d'une très jolie femme à moitié nue. Vous feriez mieux de m'indiquer où sont rangées vos chemises de nuit.

— Le tiroir de la commode, répondit-elle dans un murmure à peine audible.

Son regard s'attarda un instant sur ses épaules meurtries et sa poitrine zébrée d'égratignures. Puis, sans un mot, il lui passa une chemise sur la tête et remonta sagement les couvertures.

— Mike...

Les joues ruisselantes de larmes, elle s'agrippa à son bras.

— Vous devez me juger bien inconsciente.

— Vous ne connaissez rien à la vie, Sam. C'est votre seul tort. La plupart des femmes se seraient douté de ce qui se préparait. Votre attitude froide et hautaine tient peut-être certains hommes à distance mais d'autres y voient un défi. Et dans ce cas, un seul de vos regards suffit à leur faire perdre la tête. En chaque homme sommeille un mâle en rut, vous devriez le savoir. Moi-même, si je ne vous ai pas fait l'amour sur la plage un certain soir d'été, ce n'est pas l'envie qui m'en manquait, croyez-moi.

Les mains crispées sur le bord du drap, elle étouffa un sanglot.

Penché au-dessus d'elle, il déposa un léger baiser sur son front.

— Dormez maintenant, Sam. Tout ira mieux demain, je vous le promets.

Avec un sourire confiant, elle s'enfouit sous les couvertures et ferma les yeux.

Elle sommeillait comme une gentille petite fille quand Mike se glissa hors de sa chambre sur la pointe des pieds.

Chapitre sept

— J'ai du mal à te croire, Michael. Keith s'est toujours montré parfaitement correct, il me semble.

— Il n'en aurait pas moins violé Samantha si je n'étais intervenu à temps. Je te préviens, Aggie, si je le vois rôder par ici, je l'étrangle.

Dans l'escalier, Samantha se figea. Puis elle se dirigea vers la cuisine pour avaler une tasse de café et deux aspirines. Elle souffrait d'une migraine épouvantable.

La conversation qu'elle venait de surprendre la dissuada de se présenter dans la salle à manger. Elle gagna son bureau et se mit au travail.

Quelques instants plus tard, Mike entrait sans frapper.

— J'aimerais vous remercier pour... hier soir, dit-elle, les yeux baissés derrière ses lunettes d'écaille.

— Oh! je me suis trouvé là au bon moment, c'est tout.

— Je voudrais aussi vous présenter mes excuses, poursuivit-elle d'une voix tendue. J'ai eu tort. J'aurais dû écouter vos conseils.

Il s'assit sur le coin du bureau et la dévisagea tranquillement. Les traits tirés, la mine défaite, elle offrait le spectacle d'une naufragée qui ignore encore si on arrivera à la sauver.

— Vous avez voulu vous lancer à l'eau avant d'apprendre à nager, Sam. Peut-être serait-il bon de prendre quelques leçons.

— Leçons ?

— Il est temps pour vous de comprendre une chose : tous les hommes ne se ressemblent pas. Certains se laissent entraîner à des excès tout à fait déplacés. D'autres par contre savent modérer leurs ardeurs. Il suffit d'apprendre à faire la différence.

— Comment ?

— On pourrait commencer par un concert en plein air. Demain soir.

— Mme Durant n'apprécierait-elle pas la musique ?

Elle rougit et baissa piteusement la tête.

— Excusez-moi. Je n'aurais pas dû dire cela.

— Si j'avais voulu inviter Norma, ce serait déjà fait.

Il se leva, ouvrit la porte et se retourna.

— Vous acceptez ?

Les yeux fixés sur le clavier de sa machine à écrire, elle hésitait.

— Oui, dit-elle enfin avec un petit sourire tremblant.

— Soyez prête à six heures. Nous grignoterons un petit quelque chose avant. Et puis, habillez-vous chaudement, ajouta-t-il par-dessus son épaule. Les nuits sont encore fraîches.

Mike n'appréciait pas beaucoup les restaurants ultra-chic où l'atmosphère est toujours un peu étouffante. Il choisit un estaminet italien où régnait une chaleureuse ambiance.

— Que choisir ? murmura Samantha en com-

90

pulsant le menu. Tous ces plats ont l'air succulents et... excessivement riches en calories.

— Ne vous inquiétez pas pour votre ligne. Même si vous grossissez un peu cela ne vous fera pas de mal.

— Je ne sais pas si je dois prendre cela pour un compliment, dit-elle en riant.

Mike se montrait un convive agréable et enjoué. Il la régala de quelques histoires pittoresques glanées au cours de ses voyages et rit de bon cœur avec elle quand elle se permit de mettre en doute l'authenticité de ces galéjades.

L'anxiété qu'elle ressentait à l'idée de se trouver seule avec lui s'évanouit peu à peu. Elle ne tarda pas à se détendre et à la fin d'un repas composé de minestrone, de spaghettis carbonara et d'une délicieuse crème glacée aux fruits confits, elle riait à gorge déployée.

Quand ils arrivèrent sur l'immense pelouse où se donnait le concert, Mike ignora les chaises alignées devant le podium et l'entraîna vers une butte à l'écart où il la fit asseoir par terre. Il s'installa derrière elle, passa les bras autour de sa taille et déclara d'un ton moqueur :

— Ne vous alarmez pas : je ferai un dossier des plus corrects. Je n'ai pas pour habitude d'agresser les femmes en public.

Bercée par les flots de musique que déversait l'orchestre symphonique de Boston, elle s'abandonna à la magie de l'instant. Les yeux fermés, la tête tendrement posée sur l'épaule de Mike, elle était plongée dans un tel ravissement qu'elle sursauta quand éclatèrent les applaudissements.

— Revenez sur terre, Sam, murmura-t-il à son oreille.

— Quel dommage ! Je suis si bien ici.

Il lui tendit la main et l'aida à se relever.

— Debout, grande paresseuse. Vous n'allez pas m'obliger à vous porter tout de même. En avant, marche !

Une seule ombre vint gâcher la soirée. Plus ils approchaient de la maison, plus Samantha se refermait sur elle-même. Devant la porte de sa chambre elle se retourna gauchement.

— Je vous remercie beaucoup de m'avoir invitée.

Déconcerté par ce brusque changement d'attitude, Mike se crispa.

— Décidément, vous aimez bien prendre vos airs pincés. Parfait. Vous savez, moi aussi je sais me montrer têtu à l'occasion. Dormez bien, petite Sam.

Une fois de plus elle s'était rendue ridicule : jamais Mike ne lui aurait infligé le genre de scène qu'elle avait subi la veille. Mais c'était plus fort qu'elle : une peur indéracinable la paralysait dès que les circonstances l'incitaient à imaginer qu'on pourrait l'embrasser.

Les semaines suivantes, Mike se révéla un compagnon idéal. Pour la première fois de sa vie, elle se découvrait un ami et s'émerveillait de passer avec lui des heures si agréables. Un après-midi, il loua un tandem et ils firent une longue excursion le long de l'océan. Un autre jour ils visitèrent la vieille ville en s'extasiant comme de simples touristes. Un autre jour encore ils pique-niquèrent dans les collines de l'arrière-pays et rentrèrent ivres de soleil. Jamais Mike ne se permettait un geste déplacé. Il lui arrivait bien sûr de la prendre par la main ou de lui passer un bras autour des épaules mais avec tant de naturel qu'elle ne songeait pas à s'en offusquer. Il se comportait comme un grand frère, un peu taquin mais très prévenant.

De son côté elle n'affectait plus cette arrogance glacée qui lui avait valu son surnom de « Reine des Neiges ». Elle se montrait gaie, amusante et toujours prête à rire. En un mot : naturelle ou presque. Elle muselait ses sentiments depuis trop longtemps pour perdre cette habitude d'un jour à l'autre. Elle restait malgré tout sur la défensive. Mike en avait parfaitement conscience et la plaisantait gentiment à ce sujet. Sans jamais la heurter, il se contentait de constater et d'encourager ses progrès.

Un jour où Aggie lui avait donné congé, il l'emmena avec lui choisir une nouvelle moto. Elle ne s'intéressait ni aux bolides ni à la mécanique. Boudeuse, elle l'écouta discuter Kawasaki et Yamaha avec le vendeur et finit par hausser les épaules avec humeur.

— Prenez celle que vous voudrez mais dépêchez-vous, sinon je serai en retard chez le coiffeur.

Mike poussa un soupir excédé.

— L'attitude de madame n'a rien d'étonnant, dit gentiment le vendeur. Ma femme, c'est pareil. Vous au moins vous avez la chance de pouvoir emmener votre épouse en promenade. Pour rien au monde, la mienne ne voudrait monter sur une moto.

Mike adressa un clin d'œil à Samantha.

— Vous avez raison, j'ai de la chance. Je prends la Kawasaki. Allons signer les papiers.

Quand il ressortit du bureau, il tenait un casque flambant neuf.

— Voici pour vous, Sam.

— Pour moi ?

— Si je vous prends en croupe, jeune dame, il vous faut bien un casque. J'aurais beaucoup de peine s'il arrivait quelque chose de fâcheux à votre joli cou.

Emue jusqu'aux larmes, elle ne sut que répondre.

Il la déposa devant le salon de coiffure et lui fit avec le plus grand sérieux ses dernières recommandations.

— Surtout ne les laissez pas vous couper les cheveux ou ils auront affaire à moi. Je viendrai vous chercher dans une heure. Ça va ?

— Si vous voulez courir les magasins, ne vous pressez pas. J'attendrai.

— Non, non. Je serai ponctuel au rendez-vous. Et rappelez-vous : pas trop court.

La coiffeuse, Georgina, était une petite bonne femme très énergique qui faisait preuve d'une grande diplomatie. Elle sut tellement bien s'y prendre qu'elle finit par convaincre Samantha d'adopter une nouvelle coiffure.

Terrifiée à l'idée de déplaire à Mike, elle s'enquit timidement de ce qu'elle comptait entreprendre.

— Couper les pointes et faire une petite permanente. Vous verrez, vous serez contente du résultat.

Deux heures plus tard elle cuisait toujours sous son casque. Georgina vint enfin la libérer.

— Il y a un grand diable d'homme qui vous attend dans le salon de devant, ma chère. Quel homme ! Toutes les filles ont prétexté une excuse pour aller le regarder de près.

Quand elle se vit dans la glace, Samantha poussa un cri horrifié.

— Attendez un peu, dit la coiffeuse en maniant ses brosses avec dextérité pour allonger les boucles tire-bouchonnées qui frôlaient à peine les épaules de Samantha.

Elle se recula enfin pour juger de l'effet.

— Votre petit ami va être content. Cette coiffure est une véritable réussite. Elle vous adoucit considérablement le visage.

— Oh ! ce n'est pas mon petit ami, Georgina. Un parent de ma patronne, sans plus.

— Hum... cela m'étonnerait, ma chère. Son premier soin a été de demander si je vous avais coupé les cheveux. Et croyez-moi, si j'avais répondu « oui », il m'aurait obligée à les recoller.

Elle s'avança timidement dans le salon où il feuilletait distraitement un magazine.

— Mike...

Il leva les yeux et la contempla longuement, le souffle coupé.

— Sam ! Jamais vous n'avez été plus belle.

Heureuse et confiante elle monta à côté de lui dans la voiture.

— J'aurais voulu pouvoir vous inviter ce soir pour fêter votre nouvelle coiffure ; malheureusement c'est impossible. Un imprévu de dernière heure. Il faudra attendre le week-end. Vous ne m'en voulez pas trop, petite Sam ?

— Rien ne vous oblige à passer la soirée avec moi, vous savez. Et puis j'ai horreur de ce surnom ridicule !

— Oh ! non. Vous n'allez pas recommencer. Pas maintenant. Tout allait si bien.

— Vous étiez presque arrivé à me « dégeler », c'est ça ? Inutile de jouer la comédie. Si vous voulez sortir avec Norma Durant, libre à vous. Au fait, comment va-t-elle ? Toujours aussi rayonnante ?

— Laissez donc Norma où elle est.

— Oh ! c'est vrai, j'oubliais. Nous n'appartenons pas au même monde. Un vermisseau tel que moi ne devrait jamais oser prononcer le nom de cette illustre étoile.

— Un conseil, Sam : ne me parlez pas de Norma. Je n'ai pas l'intention de discuter ses mérites avec vous. C'est clair ?

— Comme de l'eau de roche !

Il donna un brusque coup de frein et descendit de voiture.

— Je rentre par mes propres moyens, annonça-t-il en claquant la portière.

Samantha fit grincer la première et démarra en trombe. Elle n'avait pas encore retrouvé son calme quand elle se précipita au salon.

— Oh ! s'exclama Aggie. Comme cela vous va bien, mon petit. C'est ravissant. Qu'en pense Michael ?

— Il trouve cela joli.

La vieille dame lui lança un regard perçant.

— Ce garçon est tellement gentil. Bien sûr, il a ses mauvais côtés, comme tout le monde, mais quand il s'attache c'est pour la vie. Quoi que vous en pensiez, ma chère Samantha, il vous est très attaché.

— La preuve : il préfère passer la soirée avec Norma, murmura-t-elle d'un ton hargneux qui fit sourire la vieille dame.

Au moment de se mettre au lit, elle ne fut pas sans remarquer la moto neuve de Mike garée dans l'allée du garage.

— Norma devait avoir la migraine, maugréa-t-elle entre ses dents.

Le lendemain matin, Mike avait visiblement oublié leur querelle. Il l'accueillit d'un chaleureux sourire et l'invita à prendre place à la table du petit déjeuner puis reprit sa conversation avec sa tante.

— J'ai eu maman au téléphone. Elle nous

attend. La réception aura lieu le 17 comme prévu. Une de mes sœurs vient de se fiancer, expliqua-t-il à Samantha. Le clan se réunit et nous sommes invités tous les trois aux réjouissances.

Paniquée à l'idée de devoir monter dans un avion, Sam protesta faiblement.

— Si c'est une réunion de famille, je n'ai certainement pas...

— Voyons, mon petit, cessez de dire des bêtises, coupa Aggie. Nous partons demain après-midi.

— Si... si vite ?

— Il ne vous faut tout de même pas plus de vingt-quatre heures pour boucler votre valise, Sam. Nous resterons là-bas une semaine. Vous verrez, nous allons bien nous amuser. Qui sait ? ajouta-t-il avec un sourire énigmatique. Je vais peut-être même en profiter pour vous laisser me séduire.

— Michael ! s'exclama la vieille dame qui, finalement, choisit de pouffer de rire.

— Parfait, dit Sam d'un ton résigné. Si vous vous mettez tous les deux contre moi... Quel genre de toilettes dois-je emporter ? Je n'ai jamais assisté à des fiançailles.

Elle aida Aggie à faire ses bagages et remplit hâtivement sa valise où, à la réflexion, elle jugea bon de coucher soigneusement sa robe de moire.

Plus l'heure du départ approchait plus elle devenait nerveuse. Ils embarquèrent enfin à bord d'un énorme jet.

Pâle et tremblante, elle se laissa choir sur son siège et lutta courageusement contre la nausée qui l'envahissait.

— Hey ! s'écria Mike, assis à côté d'elle. Regardez un peu par ici.

Docile, elle se tourna vers lui.

— Je suis désolée. Je... je suis toujours malade en avion. Pour vous dire la vérité : j'ai une peur affreuse.

Il prit doucement sa main dans la sienne.

— A cause de vos parents ? Vous savez, tous les avions ne s'écrasent pas. Détendez-vous. Mieux vaut remédier à cette phobie immédiatement sinon vous aurez peur jusqu'à la fin de vos jours. Pour commencer : regardez-moi droit dans les yeux et ne pensez plus à rien.

Comme hypnotisée, elle fixa consciencieusement ses prunelles fauves où couvait un feu ardent. Il continuait à parler d'une voix douce et feutrée mais elle n'entendait pas. Son regard plongé dans le sien, elle se laissait entraîner dans le monde de tendresse et de douceur qui sommeillait à la surface brillante de ses pupilles dilatées.

L'appareil décolla sans même qu'elle en prenne conscience.

— Vous voyez ? Ce n'est pas bien terrible, chuchota Mike en lui donnant un petit baiser sur le bout du nez.

Le vol se déroula sans le moindre incident ou presque. Une des hôtesses, une grande blonde d'une beauté toute scandinave, avait reconnu parmi les passagers le célèbre auteur des *Illusions de la nuit*. Avec un sourire radieux, elle obtint un autographe et monopolisa son attention pendant le reste du voyage.

Le cœur serré, Samantha dut faire face toute seule au calvaire de l'atterrissage.

Le beau-frère d'Aggie les attendait dans l'aérogare. Il gratifia sa belle-sœur et son fils d'un baiser sonore et sourit d'un air entendu à Saman-tha, l'air de dire : « Voici donc pourquoi mon gredin de fils a jugé bon de passer tout l'été à Charleston ! »

— Je vous remercie beaucoup de m'avoir invi-tée, monsieur Trent, murmura-t-elle timidement.

— Pas de cérémonie entre nous. Appelez-moi Larry, voulez-vous ? Je suis très heureux de faire votre connaissance, assura-t-il avec un sourire éblouissant qui n'était pas sans rappeler celui de Mike. Allons chercher vos bagages et en route. Tout le monde vous attend.

— Oh ! un dîner de famille en perspective, bougonna Mike.

— Depuis deux semaines ta mère est sur le pied de guerre en vue de ce jour, mon cher ami. Et quand nous aurons dûment fêté les fiançailles de ta sœur elle se mettra à courir dans tous les sens pour préparer le mariage.

En plus de son sourire éblouissant Mike avait hérité de son père ses manières chaleureuses et son humour bienveillant. Grand, élancé et bâti en force, les tempes striées de fils argentés, Larry Trent était la séduction même, le portrait de Mike dans une trentaine d'années.

Il prit Aggie par le bras et entraîna joyeuse-ment toute la petite troupe vers le parking.

— Tiens ! dit-il en lançant les clés à son fils. Conduis. Cela me donnera le temps de faire plus ample connaissance avec Samantha.

Le trajet jusqu'à Scarsdale, dans la luxueuse banlieue new-yorkaise, se déroula dans la bonne humeur. Larry était un conteur-né et il prenait plaisir à déclencher le fou rire de ses auditeurs.

Arrivé devant une jolie maison de deux étages qui dressait sa façade de briques au sein d'un jardin magnifiquement entretenu, il laissa Mike s'occuper des bagages et entraîna Aggie à travers la pelouse.

La porte s'ouvrait déjà sur une grande femme d'une cinquantaine d'années qui s'avançait les mains tendues. Derrière elle apparurent deux jeunes filles qui se précipitèrent sur Mike et lui sautèrent au cou en éclatant de rire.

— Comme je suis contente de te revoir, Aggie ! s'écria Mme Trent.

Pourtant c'est sur Samantha que ses yeux restaient fixés.

— Susan, tu es en pleine forme ! répondit gaiement Mme Pendleton. Quand je pense à tous les tracas que te procurent tes filles, je t'admire !

— Oh ! tu sais, je commence à avoir l'habitude. Samantha, je présume ? ajouta-t-elle en tendant la main à la jeune fille sans cesser de l'observer. Enchantée de vous rencontrer, ma chère petite.

Elle embrassa son fils d'un air un peu distant.

— Veux-tu conduire ces dames à leurs chambres ? Aggie s'installera dans la chambre d'amis. Quant à Samantha, j'ai cru bien faire en lui réservant l'ancienne chambre de Cindy. Toi, bien sûr, ton repaire de brigand est prêt depuis longtemps.

Il lança à sa mère un regard surpris puis, haussant imperceptiblement les épaules, dévisagea Samantha avec une insistance qui la gêna.

Avec la désagréable impression d'être en trop dans cette réunion de famille, elle s'empressa de le suivre au premier étage.

Pour une raison inexplicable, l'accueil de Mme Trent ne lui paraissait pas aussi chaleureux qu'il prétendait l'être.

Ce curieux sentiment se dissipa dès qu'elle franchit le seuil de la chambre.

— Oh! que c'est joli! s'exclama-t-elle avec un sourire radieux.

— Hum... Je n'ai jamais vu cette pièce aussi bien rangée, concéda-t-il. Eh bien voilà! Vous êtes chez vous. La salle de bains se trouve de ce côté et les placards sont à votre disposition naturellement. Je viens vous chercher pour dîner. Inutile de vous mettre sur votre trente et un. Nous ne sommes pas très collet monté dans la famille.

Elle défit prestement sa valise, fit un brin de toilette, se changea et se donna un coup de peigne.

— Prête? appela Mike dans le couloir.

— Oui. J'arrive.

— Prête à affronter la tribu? précisa-t-il en la prenant par le bras.

— Tout le monde sera là? demanda-t-elle, légèrement paniquée.

— Oh! ne vous inquiétez pas. En général ils ne sont pas trop méchants. Et puis, s'ils font mine de vouloir mordre, je suis là pour vous défendre.

Tout le monde les attendait au salon. Cindy, l'aînée de la famille, était une grande jeune femme débordante d'énergie. Son mari, Ralph, avait les manières douces et onctueuses de l'agent d'assurances prospère qu'il était. Gwen, vingt-neuf ans, arborait une magnifique chevelure blond cendré, des allures de princesse gracile et gâtée, et une tenue visiblement coûteuse que son mari, directeur adjoint d'une importante firme d'ordinateurs, semblait parfaitement en mesure de lui offrir. Jan, l'heureuse fiancée, resplendissait de bonheur au bras d'un grand dadais un peu gauche qui ne la quittait pas des yeux comme s'il craignait de la voir s'envoler. Phyllis, la benjamine, ne cessait de rire et de plaisanter. D'emblée, elle accapara Mike et Samantha.

— Ce n'est pas juste, dit-elle avec une moue enfantine. Jamais je ne pourrai avoir une voix comme la vôtre, Samantha. Si seulement j'étais née dans le sud moi aussi ! Aucun homme ne me résisterait.

— Jalouse, petite sœur ? la taquina Mike. J'ai pourtant cru comprendre que tu avais tout New York à tes pieds.

— Oh ! tu ne vas pas recommencer ! Comment faites-vous pour vivre avec un type pareil ? Il est insupportable !

— Je ne vis pas sous le même toit que M. Trent, corrigea hâtivement Samantha, les joues roses d'embarras. Il a son appartement privé au dernier étage de la maison.

Il lui adressa un clin d'œil complice et alla gaiement rejoindre son père à l'autre bout de la pièce.

Livrée à elle-même, Samantha lia connaissance avec chacun des membres du clan. Tout le monde se montrait agréable et, après un dîner particulièrement animé, elle se sentait tout à fait à son aise, un peu comme si elle aussi appartenait à ce foyer où il faisait si bon vivre.

On servit le café dans une grande pièce où trônaient un billard, une télévision et une chaîne hifi. Larry, Mike et Ralph prirent aussitôt position autour du billard. Jan et Todd mirent un disque et, tendrement enlacés, se perdirent dans un monde connu d'eux seuls où ils dansaient les yeux dans les yeux.

Aggie attira Samantha à côté d'elle sur un profond divan de cuir blanc et se joignit au gai babillage de ses nièces. A l'autre bout de la pièce, le rire sonore de Mike couvrait le joyeux brouhaha de cette soirée familiale. Tant bien que mal la jeune fille essayait de ne pas regarder trop souvent dans sa direction. Pris par le jeu, il ne lui prêtait pas la moindre attention.

Quand elle se retira pour monter se coucher, il lui souhaita bonne nuit d'une voix distraite sans même lever les yeux du tapis vert où s'entrechoquaient les boules d'ivoire.

La journée avait été riche en événements. Fatiguée par le voyage elle décida de se coucher sans plus tarder. Elle sortait de la salle de bains, prête à se glisser entre les draps blancs, quand elle remarqua une feuille de papier sous la porte.

« Soyez debout à huit heures. Je vous emmènerai explorer les environs. Mike. »

Irritée par le ton autoritaire de l'invitation, elle la déchira en mille morceaux et la jeta dans la corbeille.

Non mais ! De quel droit s'imaginait-il pouvoir lui donner des ordres ? Elle se lèverait quand il lui plairait.

Chapitre huit

Samantha s'attarda paresseusement au lit et prit tout son temps pour faire sa toilette. Vêtue d'un pull rouge vif, d'un jean et d'une paire de bottes fauves qui ne ressemblaient en rien à la tenue vestimentaire habituelle de la « très chic » Mlle Danvers, elle descendit enfin en chantonnant à la salle à manger.

La pendule du hall indiquait très précisément neuf heures trente. La mine renfrognée, Mike sirotait sa troisième tasse de café.

— Bonjour ! dit-elle gaiement. Vous voulez un peu de café ?

— Non merci.

— J'ai tellement bien dormi, je n'arrivais plus à me lever. Qu'est-ce qui ne va pas, Mike ? Vous avez passé une mauvaise nuit ?

— Tiens ! vous vous rappelez donc mon prénom ce matin ? Ce n'est pas trop tôt. Je commençais à en avoir assez de vos « monsieur Trent ». Avez-vous seulement lu mon message ?

— Oui et je suis vraiment désolée de m'être levée si tard.

— Dois-je comprendre que vous ne déclinez pas mon invitation ?

— Elle tient toujours ?

— Oui.

— Parfait. Je vous suis.

Il se leva d'un bond.

— Le temps de sortir ma machine et en route. Mais ne vous pressez pas. J'attendrai tout de même que vous ayez pris le petit déjeuner.

Elle se hâta d'avaler une tasse de café et grignota rapidement un toast légèrement beurré. Elle était trop contente de passer toute la matinée en sa compagnie pour le faire attendre plus longtemps.

Une magnifique Cadillac blanche des années cinquante ronronnait devant le perron. Carrosserie luisante, chromes étincelants, c'était une véritable pièce de collection.

— Vous vous apprêtiez à enfourcher une moto, j'imagine ? dit-il avec un grand sourire.

— C'est vrai. Quelle superbe voiture, Mike. Un vrai bijou !

— Si vous l'aviez vue quand je l'ai achetée ! Elle m'a coûté toutes mes économies en réparations. Mais elle en vaut la peine, non ? Montez. Vous allez voir, on croit rêver tellement elle est confortable. En général je la mets sur cale pendant mes absences. Je n'ai pas le cœur de m'en séparer. Qui sait ? ajouta-t-il en lui lançant un regard oblique. Si un jour j'arrive à me fixer, je serai bien content de la retrouver.

Dans un crissement de pneus la Cadillac s'élança gracieusement sur la route. Les yeux fixés sur le compteur, Samantha vit l'aiguille grimper à une vitesse affolante. Cent, cent vingt, cent cinquante...

— Et la limitation ? murmura-t-elle, la gorge serrée.

Il lâcha la pédale d'accélérateur.

— Excusez moi. Quand je suis au volant de cette merveille j'oublie tout le reste.

Passé les faubourgs, il s'engagea sur un chemin de terre bordé d'arbres et s'arrêta.

— On marche un peu ?

Main dans la main ils s'enfoncèrent à travers champs en direction d'un petit bois où pépiait toute une population d'oiseaux très affairés.

— Il faut venir ici à la fin de l'automne, dit doucement Mike comme s'il craignait de rompre le charme. C'est tellement beau quand les feuilles tombent en rafales. La lumière elle-même se transforme en or. Ensuite vient la première chute de neige et tout le bois se pare d'une beauté féerique.

— Brrrr !... J'ai l'hiver en horreur. Il fait trop froid.

— Quand le feu flambe dans la cheminée on est très content de rentrer à la maison à moitié frigorifié. Sans parler du cidre brûlant et largement épicé.

— Oh ! Mike. Regardez !

Devant eux une mère écureuil et ses deux petits s'élancèrent à l'ascension d'un tronc et, la queue en panache, se perdirent dans les branches.

— Vous avez vu ? demanda-t-elle, levant vers lui ses yeux pailletés d'or. Elle doit leur apprendre à amasser des provisions.

Le visage de Mike se durcit subitement. Un sourire narquois apparut sur ses lèvres.

— Des écureuils ! Vous vous attendrissiez devant des écureuils ! J'en ai assez, Sam ! Il fut un temps où c'est *mon* apparition qui faisait scintiller vos prunelles. Mais, évidemment, cela faisait sans doute partie du jeu. Comme le reste.

— Un jeu ? Si vous saviez combien de fois j'ai

été obligée de mentir pour vous rencontrer ! Grand-père m'interdisait formellement de sortir.

— C'est donc ça ! Nous sommes *sortis* ensemble. Sans plus ?... Vous pouvez vous vanter de m'avoir mené par le bout du nez.

— Moi ? Certainement pas !

— Vous allez peut-être prétendre que vous ne vous êtes pas servie de moi pour découvrir ce que cachaient les interdictions de votre aïeul ? Je me suis offert à vous pieds et poings liés et vous en avez profité pour mener à bien vos petites expériences.

— Quelles expériences ? Vous perdez la tête, Mike !

— Vos camarades d'école avaient bien trop peur de lui pour oser vous courtiser. Alors vous avez jeté votre dévolu sur moi. Mon âge, mon expérience, tout me désignait comme un partenaire idéal pour parfaire votre éducation sexuelle. Je ne me trompe pas ?

— C'est vous qui avez insisté pour me revoir après le bal.

— Oui. Mais c'est vous qui avez éludé toutes les questions au sujet de votre vie privée. Nos relations seraient restées sur un plan strictement amical si j'avais su la vérité. Vous m'avez trompé, Sam. Volontairement.

— Ce n'est pas vrai !

— Ah oui ? Pourtant personne ne vous avait jamais embrassée avant moi. Personne ne vous avait caressée. Comme ceci...

Joignant le geste à la parole il la prit dans ses bras et effleura ses seins d'une caresse mutine.

— Ou comme cela...

Sa main glissa sur son ventre plat et se posa doucement au creux de ses cuisses.

— Arrêtez !

107

Les poings crispés elle lui martelait ragcusc-
ment la poitrine.

— Ce n'est pas vrai ! Ce n'est pas vrai !

— Vous n'éticz pas dévorée de curiosité peut-
être ? Et vous ne m'avez pas poussé à bout en
espérant que je m'arrêterais à temps pour vous
éviter le pire ? Ne mentez pas, Sam. Je le sais. Il
ne tiendrait qu'à moi de vous prouver combien il
est dangereux de joucr avec le feu.

— Mike ! Lâchez-moi. Je vous en supplie. Cela
ne sert à rien.

— Pourquoi ? demanda-t-il en la retenant fermement prisonnière entre ses bras.

— Vous... vous le savez très bien. Après ce qui
est arrivé avec Keith je... je... les hommes me...

Affolée, elle fixait d'un œil hagard sa bouche si
proche de la sienne.

— Ils vous dégoûtent, Sam ? Vous n'avez donc
pas encore compris ? Oubliez Manning et sa
brutalité.

Il resserra son étreinte et la plaqua impitoya-
blement contre lui.

— Oubliez tout, Sam. Redevenez la femme
confiante et passionnée que j'ai tenue dans mes
bras un soir d'été.

Elle banda ses forces pour repousser sa bouche.
Mais à peine ses lèvres eurent-elles touché les
siennes qu'elle s'abandonna à ses caresses. Les
bras noués derrière sa nuque elle s'arqua contre
lui, en proie à un désir que rien ne pouvait
juguler.

— Vous avez peur, Sam. Peur de moi ?

— Ce n'est pas bien... Nous ne devrions pas.

Emportée dans un tourbillon de plaisir, elle se
laissa coucher sur le tapis de feuilles mortes. Le
sang qui battait à ses tempes répercutait les

battements de son cœur comme une mélopée sauvage et enivrante.

D'une main Mike releva son pull rouge pour dénuder sa gorge. Il glissa ses doigts sous le soutien-gorge de dentelle et entreprit de la caresser avec une douceur délibérée pour prolonger indéfiniment le délicieux supplice où elle était plongée.

Pantelante, les joues en feu, elle poussait de faibles gémissements.

— Ouvrez les yeux, ordonna-t-il. Regardez-moi.

Dressé sur un coude il la contemplait d'un regard admiratif, comme étonné de lui découvrir cette beauté étrange, chaude et sensuelle, dont l'amour la parait.

— Répondez-moi, Sam. Avez-vous peur de moi ?

D'un sourire elle apaisa ses craintes. Puis timidement elle effleura son visage, dessinant chaque ligne de son contour d'une main tremblante.

— Pourquoi aurais-je peur, Mike ?

Il s'allongea à ses côtés et, les mains enlacées, ils admirèrent le ciel à travers l'écran glorieux des feuilles mordorées de l'automne.

— Votre aventure avec Manning vous a rendue très vulnérable. Pour rien au monde je ne voudrais vous bousculer. J'avoue avoir toujours nourri des intentions un peu malhonnêtes à votre endroit, jeune dame, confessa-t-il avec un sourire complice. Je suis navré si je vous ai effrayée ce soir-là, sur la plage.

— Vous ne m'avez pas effrayée, Mike. Jamais.

— Vous, vous m'avez fait peur en tout cas ! Je ne m'attendais pas à une telle explosion de passion de la part d'une jeune fille aussi réservée.

Et puis... je ne voulais pas vous faire l'amour sur une plage. Pas pour la première fois. Vous méritiez beaucoup mieux. Malheureusement, je ne pouvais pas vous offrir ce que vous étiez en droit d'attendre.

— Personne ne m'avait caressée comme vous l'avez fait, murmura-t-elle en rougissant.

— Je sais. C'est pour cette seule raison que j'ai préféré piquer une tête dans la mer. Pour me calmer.

Etroitement enlacés, ils roulèrent ensemble sur la mousse dorée des sous-bois. Les mains glissées sous sa chemise elle se pressait contre lui, les yeux fermés. Mais le charme était irrévocablement rompu. Les conseils de son aïeul lui revenaient en mémoire.

« Méfie-toi des hommes, ma fille. Sinon tu tourneras mal... »

Ses bras retombèrent, inertes, le long de son corps. Quand Mike prit dans sa bouche la pointe de son sein, elle réprima un frisson d'horreur.

— Non, Mike. Ça suffit maintenant.

Elle se releva, remit de l'ordre dans sa toilette et renoua sa queue de cheval.

A genoux devant elle il la prit par la taille.

— Sam ?...

Elle le repoussa brutalement et entreprit de débarrasser son pull des brins d'herbes sèches qui s'y étaient accrochés.

— Nous devrions rentrer maintenant. J'ai encore beaucoup à faire avant ce soir : me laver les cheveux, me coiffer...

D'un geste il interrompit son babillage. Ses mains posées sur ses épaules il la fit pivoter face à lui.

— Regardez-moi ! ordonna-t-il.

Docile elle releva la tête. Son visage avait

110

recouvré son masque de froide indifférence. Avec une souveraine arrogance, elle le fixait droit dans les yeux comme pour le défier d'oser poursuivre leur entretien.

— Ce n'est pas possible! rugit-il. Pourquoi vous retrancher derrière cette façade mensongère? Redevenez vous-même, Sam!

— Votre mère ne va-t-elle pas s'impatienter? Il est bientôt l'heure de déjeuner.

— Je vous materai! Je vous réduirai à ma merci! Plus jamais vous ne jouerez les élégantes blasées. Que cela vous plaise ou non, vous ramperez à mes pieds pour me supplier d'assouvir le feu qui vous dévore!

Elle ne cilla même pas. Absente, elle continuait à le fixer d'un regard parfaitement inexpressif.

Excédé, il écrasa sa bouche sous un baiser vengeur. Elle resta sans réaction, inerte entre ses bras.

— Parfait! Vous avez gagné. Rentrons.

Ils rejoignirent la voiture en silence. Mike la précédait de quelques pas. Tête basse, elle le suivait d'une démarche hésitante.

Au moment de monter dans la Cadillac, elle le saisit impulsivement par la main.

— Mike... Ne m'en veuillez pas. Moi-même je ne comprends rien à ce qui m'arrive.

Il choisit d'ignorer cette supplique maladroite. Les traits figés il claqua la portière et s'assit au volant.

— Les cas désespérés ne m'intéressent pas, dit-il enfin d'un ton volontairement cruel.

— Oh! je comprends à présent! Vous êtes exactement comme les autres. Un petit peu plus patient, peut-être. Mais je vois clair dans votre jeu. Vous m'accusez de vous tromper et c'est tout le contraire. Tous les prétextes vous sont bons pour justifier votre conduite, même me donner des leçons particulières. Vous vous êtes bien amusé, j'espère, à « étudier mon cas ».

— Est-ce vraiment le fond de votre pensée, Sam ?

— Absolument.

— Bien. Nous avons suffisamment perdu de temps. En route. J'ai à faire en ville et je sais que rien de ce que je pourrais répondre ne vous fera revenir sur votre jugement.

En un éclair ils atteignirent le centre de Scarsdale. Sans un mot, il descendit de voiture et s'engouffra dans un drugstore où elle le suivit machinalement.

Sans se soucier de sa présence il se mêla à la foule. De toutes parts on l'acclamait comme un enfant prodigue.

— Mike... Ohé ! Mike !... Depuis quand es-tu de retour ?

— Mais c'est ce bon vieux Mike ! Qu'est-ce que tu fais par ici ?

Il distribuait gaiement sourires et poignées de main, visiblement heureux de retrouver amis et *amies.*

C'étaient toutes de très jolies femmes qui le couvaient d'un regard jaloux.

— Mike ! Mon chéri ! Tu viens pour les fiançailles de ta sœur ? On se verra ce soir, alors. Moi aussi je suis invitée.

— Oh ! Mike. Tu es en ville depuis hier et c'est seulement maintenant que tu penses à venir me dire bonjour !

Il se prêtait joyeusement à leur jeu et répondait avec un plaisir évident aux embrassades langoureuses de ses anciennes camarades de classe.

Rien dans l'attitude de Samantha immobile à

112

ses côtés ne trahissait le martyre qu'elle endurait.

— Désolé de vous avoir fait attendre, fit-il en remontant en voiture comme s'il se souvenait brusquement de son existence.

— Je vous en prie. Vos retrouvailles avec les enfants du pays valaient le déplacement. Très touchant.

Installées au salon, Aggie et Susan étaient en train de déjeuner en devisant gaiement.

— Nous avons rendez-vous chez le coiffeur dans moins d'une heure, expliqua Mme Trent. Si vous voulez, Samantha, vous pouvez venir avec nous. Il trouvera bien le moyen de vous caser entre deux clientes.

— Je vous remercie. Je me coifferai toute seule.

— Les environs vous ont-ils plu? s'enquit Aggie, étonnée de cette soudaine sécheresse.

— La campagne est charmante, répondit-elle avec un manque d'enthousiasme flagrant.

— J'espère que la réception de ce soir vous sera agréable, reprit Mme Trent d'un ton lourd de sous-entendus. Mes filles veilleront à ce que vous vous amusiez. Notre pauvre Mike n'aura pas beaucoup de temps à vous consacrer, j'en ai peur. Il a tellement d'amis ici et il ne les a pas vus depuis longtemps.

— Vous devez être affamée, ma pauvre enfant, intervint Aggie. Allez vite vous servir. Il y a un buffet froid dressé dans la salle à manger. Toi aussi, Michael.

— Merci, tante Aggie, mais j'ai à faire.

Il sortit de la pièce sans un regard en arrière.

Samantha alla chercher une assiette de viande froide abondamment arrosée de mayonnaise.

— Venez vous asseoir près de moi, ma chérie,

l'invita gentiment Mme Pendleton. Susan est au téléphone.

— Elle ne m'aime pas beaucoup je crois.

— C'est malheureusement vrai. Susan est très possessive. Et elle n'a qu'un seul fils. Autrefois elle éprouvait une certaine jalousie pour l'affection qu'il me portait. Aujourd'hui c'est votre tour. Elle ne s'en rend peut-être pas bien compte, mais avant même de vous connaître, elle vous considérait déjà comme une rivale.

— Une rivale ?

— Vous êtes une très jolie femme, Samantha. Son cœur de mère lui souffle que vous pourriez très bien lui enlever « son » Michael.

Samantha éclata d'un rire sans joie.

— Vous devriez la rassurer tout de suite, Aggie. Mike et moi... Il n'existe entre nous qu'une simple amitié.

— Aux regards qu'il vous lance on pourrait en douter, mon petit.

Elle se leva en souriant.

— Excusez-moi, je me dépêche. Profitez de votre après-midi pour vous pomponner. Nous sommes attendues à sept heures.

— Ne vous inquiétez pas. Je serai prête.

Remontée dans sa chambre, elle commença par prendre un bain et se lava les cheveux. La tête sous le casque qu'elle avait emprunté à Phyllis elle se fit soigneusement les ongles. Puis elle lustra longuement ses boucles soyeuses et les releva sur la nuque en un catogan maintenu par des barrettes d'argent.

Vêtue d'un fond de robe et d'un slip de dentelle mousseuse elle décida d'aller se maquiller dans la salle de bains avant d'enfiler sa robe.

Elle ouvrit la porte et poussa un cri.

Nu comme au premier jour, son corps scintillant de gouttelettes, Mike s'apprêtait à sortir de la douche.

— Désolé, Sam, j'aurais dû verrouiller la porte, dit-il du bout des lèvres en s'emparant d'une serviette.

— Mais... mais...

Elle fit demi-tour et s'enfuit dans sa chambre.

— Vous avez oublié quelque chose.

Sa trousse de toilette atterrit sur le lit à côté d'elle.

— Merci, murmura-t-elle, les joues brûlantes. J'ignore comment vous êtes entré dans ma salle de bains mais je vous demanderai d'en sortir le plus rapidement possible.

— Votre salle de bains est aussi la mienne, Sam.

Une serviette nouée autour des reins, il se tenait immobile au pied du lit.

— Elle communique avec ma chambre, expliqua-t-il patiemment en dévorant des yeux son profond décolleté.

Elle attrapa nerveusement un peignoir et le jeta sur ses épaules.

— Vous auriez pu me prévenir !

— Je pensais que vous entendriez la douche.

— J'étais sous le séchoir. Je n'ai rien entendu du tout.

— Ce n'est tout de même pas un drame. Si ?

— Je ne comprends pas... Pourquoi votre mère m'a-t-elle donné cette chambre ?

Il poussa un long soupir et s'assit près d'elle.

— Je me fais peut-être des idées. Maman a l'air de croire que nous couchons ensemble. Elle a dû penser qu'il valait mieux nous mettre sur le même palier pour nous éviter d'arpenter les couloirs au milieu de la nuit sur la pointe des pieds.

— Rien ne l'autorise à imaginer que... que...

— Sa délicatesse devrait vous rassurer. Je connais peu de mères capables de faire preuve d'une aussi grande largesse d'esprit.

— Mais nous ne... vous...

— Cessez donc de vous lamenter, jeune fille. Après tout elle pourrait très bien avoir raison.

— Plus le temps passe plus je me rends compte de ma naïveté. Auriez-vous la bonté de m'expliquer ce qui peut pousser votre mère à concevoir d'aussi horribles soupçons ?

— Ne vous tracassez pas : vu la tournure des événements elle ne risque pas de les voir se confirmer. Je me suis montré beaucoup trop patient, Sam. Je commence à penser que j'ai eu tort. Peut-être êtes-vous tout simplement incapable de ressentir la moindre émotion. Si vous voulez bien m'excuser... J'aimerais me raser. Et cette fois je verrouillerai la porte.

— C'est libre ! cria Mike quelques minutes plus tard à travers le battant.

Elle attendit qu'il soit enfermé chez lui pour se glisser dans leur salle de bains commune. Elle se maquilla rapidement, passa sa robe et ses sandales de bal et jeta un bref regard à la glace murale de sa chambre.

L'étoffe qui miroitait dans un frémissement de reflets argentés la parait d'une beauté irréelle, étrangement sensuelle. Les épaules dénudées, la taille bien prise et ceinte d'un cordon de soie argent, elle offrait l'image d'une femme resplendissante et parfaitement maîtresse d'elle-même dont le visage finement ciselé reflétait le contentement.

116

Au fond de ses yeux d'améthyste luisait pourtant comme une lueur de tristesse.

Elle remit en place une boucle un peu folle et essaya différents sourires avant d'opter pour un air de léger ennui teinté de scepticisme.

Chapitre neuf

— Vous êtes prête, mon petit ?

— J'arrive, Aggie.

Elle saisit au passage sa pochette argentée et ouvrit la porte.

La vieille dame lui fit une brève révérence. Moulée dans un fourreau noir, sa chevelure neigeuse savamment bouclée et son cou orné d'un splendide collier de diamants, elle resplendissait de jeunesse.

— Je le savais ! Cette robe vous va à ravir, ma chérie. Je compte sur vous pour réaffirmer la réputation de vos compatriotes. Ce soir nous serons les seules représentantes sudistes dans ce fief de Yankees. Faites en sorte que tout le monde célèbre notre charme légendaire.

Intriguée par l'excitation inhabituelle de sa patronne, Samantha descendit rêveusement au rez-de-chaussée. Debout dans le salon, Mike était en train de porter un verre à ses lèvres quand il la vit entrer. Il suspendit son geste, comme hypnotisé.

Durant un instant interminable ils se dévisagèrent.

Dans le silence tendu la voix de Larry Trent s'éleva joyeusement.

— Nous n'attendions plus que vous, Samantha. Laissez-moi vous adresser un compliment bien mérité, ma chère petite. Vous êtes superbe.

Alors seulement elle prit conscience de la présence de toute la famille réunie au salon. Les femmes arboraient leurs plus jolies toilettes. Ils se dirigèrent vers les voitures garées devant le perron dans un bruissement de soie multicolore.

— J'emmène Samantha, annonça Mike d'un ton brusque.

— Elle sera beaucoup mieux avec nous, assura sa mère. Phyllis se fera un plaisir de te tenir compagnie.

Il la foudroya du regard.

— Sam vient avec moi. Nous vous retrouvons au Country Club.

D'un geste impérieux, il la saisit par le bras et l'entraîna vers sa Cadillac.

— Toutes mes félicitations, ironisa-t-elle. On dirait l'homme de Cro-Magnon en personne. Que va penser votre mère ?

— Je ne m'en soucie guère. Montez, ordonna-t-il en ouvrant la portière.

La salle de bal réservée pour la fête était déjà bondée quand ils arrivèrent. L'apparition de Samantha fit sensation. Une foule de jeunes gens empressés vinrent rôder autour d'elle pour tenter de lier connaissance. Impassible, Mike les décourageait inlassablement avec un doux sourire.

— Désolé, Jeff, elle ne parle pas un mot d'anglais. Si je me souviens bien, tu n'as jamais brillé en langues étrangères.

— Tu me croiras si tu veux mais cette jeune Roumaine qui m'accompagne a trois enfants en bas âge et deux autres qui viennent d'entrer à la maternelle.

— ... une Française venue tout spécialement me donner des leçons particulières.

Comme une traînée de poudre la nouvelle ne tarda pas à se répandre : la splendide créature au bras de Mike Trent était inabordable.

Les sourcils légèrement froncés, Susan s'approcha d'eux.

— Mike. Le moment approche d'ouvrir le bal.

— Ma cavalière préférée me fera-t-elle l'honneur de la première danse ? répondit-il en souriant.

Le visage de sa mère s'éclaira d'une lueur de joie.

— Oh ! mon chéri !

— Excusez-moi, dit-il à Samantha. Je reviens tout de suite.

Blessée par sa désinvolture, elle promena un regard désespéré sur cette foule d'inconnus. Dès les premiers accords de l'orchestre les couples se formèrent, Mike et sa mère en tête.

Rassurés, les jeunes gens qui avaient fait cercle autour de Samantha réapparurent comme par enchantement. Dès lors elle ne manqua pas une seule danse. Elle ne savait plus où donner de la tête pour satisfaire ses cavaliers plus galants les uns que les autres. Etourdie d'avoir tant valsé, elle se reposait sur un sofa quand une voix profonde la fit sursauter.

— M'accorderez-vous la prochaine, mademoiselle Danvers ?

Elle salua sa requête d'un instant de réflexion.

— Pourquoi pas, monsieur Trent ? Je vous dois bien cette politesse puisque vous avez eu la bonté de m'escorter jusqu'à l'ouverture du bal.

Il l'enlaça presque sauvagement et l'entraîna au milieu des couples qui se pressaient sur le parquet ciré.

— De quoi vous plaignez-vous ? Vous ne vous êtes pas ennuyée, il me semble. Je vous ai vue tourbillonner dans les bras de tous les hommes séduisants ici présents.

— Vous devriez vous en réjouir. C'est la preuve que vos leçons portent leurs fruits.

Il la serra plus étroitement entre ses bras et, la bouche contre sa joue, lui mordit délicatement le lobe de l'oreille.

— Vous êtes en verve ce soir, chère petite Sam. Parfait. Mais dorénavant je veillerai à profiter moi-même des résultats de mon enseignement.

Il tint parole et ne la quitta plus un seul instant.

Quand, ivre de musique et de champagne, elle s'installa à ses côtés dans la Cadillac, sa belle assurance parut brusquement la quitter.

— Tout à l'heure en prenant congé de vos amis vous avez parlé d'un voyage, commença-t-elle en s'efforçant de ne pas laisser deviner son tourment. Où comptez-vous aller ?

— Je ne sais pas encore. Mexico peut-être. Ou bien le Canada. J'ai un ami qui m'offre de passer l'hiver dans sa cabane perdue au milieu des montagnes.

— Vous avez donc terminé votre roman ?

— Le plus dur est fait, oui. Il est temps pour moi de prendre quelques vacances. Cela vous plairait de m'accompagner ? Aggie accepterait très volontiers. J'en suis persuadé.

— Trop aimable de penser à moi pour ensoleiller vos longues soirées d'hiver. Mais c'est non.

— Réfléchissez, Sam. Pourquoi nier l'évidence. Vous brûlez d'envie d'accepter. De quoi avez-vous donc peur ?

Elle n'ouvrit plus la bouche de tout le trajet.

Une fois arrivés dans le garage, elle répondit enfin, d'une voix à peine audible.

— Vous ne pouvez pas comprendre. Toute mon enfance mon grand-père n'a cessé de me répéter la même chose : « Prends garde à toi ou tu tourneras mal. » Il m'a appris à considérer les élans du cœur comme le pire des péchés. Maintenant encore je me sens coupable chaque fois que j'éprouve la moindre joie.

— J'ai besoin de savoir une chose, Sam. Est-ce qu'il vous a battue, le soir du bal ? Il était terriblement en colère. Si j'avais pu je serais intervenu en votre faveur, mais en insistant je risquais d'aggraver la situation. Il ne m'a pas laissé le choix, j'ai dû partir. A-t-il levé la main sur vous ?

— Jamais. Il connaissait des mots bien plus cruels que tous les châtiments corporels. Il m'a simplement prévenue. Selon lui, vous ne reviendriez plus. Vous vous étiez moqué de moi et vous alliez vous empresser de m'oublier.

— C'est donc pour cette raison que mes lettres sont restées sans réponse ?

— Quelles lettres ? Je n'ai jamais rien reçu, Mike.

— Votre grand-père n'avait sans doute pas envie de passer à vos yeux pour un menteur. Et puis il avait trop peur de perdre sa jolie petite fée. Il ne voulait pas que je vous enlève à lui, comme votre père lui avait ravi sa fille. Il a dû les garder, les brûler ou les mettre à la poubelle. Et il s'est servi de moi pour illustrer sa théorie. Je l'entends d'ici. « Tu vois ce que je te disais ? Il ne t'écrira jamais. Il t'a déjà oubliée. Ils sont tous pareils, petite. Pour s'amuser ils sont les premiers mais quand ils t'auront dévergondée, tu te retrouveras seule au monde avec tes jolis yeux pour pleurer... » Et vous l'avez cru.

Perdue dans ses pensées, elle hocha gravement la tête.

— Mike... que me disiez-vous dans vos lettres ?

— Que vous importe ? répondit-il avec un petit rire qui lui fit mal. Après tout votre grand-père a sans doute très bien fait de ne jamais vous les remettre.

Sans un mot, il l'escorta jusqu'à sa chambre.

— Bonne nuit, Samantha. Faites de beaux rêves.

Songeuse, elle se glissa entre les draps et garda longtemps les yeux grands ouverts dans l'obscurité.

— Mike... murmura-t-elle à mi-voix avec un doux sourire. Mike...

Dans son demi-sommeil elle remonta le temps. Elle était à nouveau cette adolescente confiante et naïve qui guettait infatigablement le facteur. Et, contrairement à ce qui s'était passé, un matin elle décachetait fébrilement une lettre qu'elle lisait à travers des larmes de joie. Une lettre qu'elle couvrait de baisers et pressait sur son cœur. Mike l'aimait. Mike venait la retrouver...

— Oh ! Mike ! soupira-t-elle une dernière fois avant de s'endormir, bercée par l'illusion de ce rêve impossible.

La journée du lendemain s'écoula paresseusement. Il faisait anormalement chaud pour la saison. Aggie et Susan en profitèrent pour se prélasser au soleil sur les chaises longues du jardin. Jan et son fiancé étaient partis de bon matin pour disputer un match de tennis. Mike avait disparu peu avant le déjeuner sans un mot à qui que ce soit.

Samantha s'allongea au soleil, chaussa ses

lunettes et s'absorba dans la lecture d'un roman d'aventures qui la captiva dès les premières pages.

Elle était parvenue au milieu de l'intrigue quand la voix de Mme Trent la ramena brusquement à la réalité.

— Excusez-moi de vous déranger, Samantha. Aggie m'a longuement parlé de vous. J'aimerais vous dire un mot... Si je comprends bien votre travail passe avant tout, vous n'avez pas tellement le loisir de vous occuper de votre vie privée.

— Cette vie me convient tout à fait, répliqua-t-elle, sur la défensive. Je ne suis pas très sociable, vous savez. Pour être tout à fait franche j'aime la solitude et j'entends la préserver. Votre fils et moi sommes de simples amis, madame Trent. Je sais pouvoir compter sur lui en cas de besoin. Cela me suffit amplement.

— Je comprends. Je vous dois des excuses, Samantha. Je ne vous ai pas accueillie très chaleureusement. Mais, voyez-vous, je n'approuve pas beaucoup la façon de vivre de Mike. Un instant, j'ai cru qu'il s'était permis de m'imposer la présence de sa petite amie du moment. Je regrette beaucoup de vous avoir si mal jugée sans même chercher à vous connaître. Me pardonnez-vous, Samantha ? Puis-je espérer que vous ne m'en voudrez pas ?

— Oh ! mais non, madame. Nous deviendrons d'excellentes amies, j'en suis persuadée.

En fin d'après-midi, Mike fut surpris de les trouver en train de papoter gaiement au sujet du mariage de Jan, prévu pour le début du printemps.

— Mon absence ne semble chagriner personne, remarqua-t-il en s'asseyant sur le tapis aux pieds de Samantha.

124

— Tu n'imagines tout de même pas être indispensable, rétorqua sa mère en souriant. Il est question d'une soirée barbecue pour ce soir. Nous pouvons compter sur toi ?

— Et comment ! J'ai branché le chauffage de la piscine hier matin. L'eau devrait atteindre une température idéale d'ici une heure ou deux.

— Dans ce cas je vais vite enfiler mon maillot. Elle se leva et s'éloigna avec un petit geste de la main.

— A tout de suite, mes enfants.

— Je n'ai pas du tout pensé à emporter un maillot de bain, soupira Samantha à regret.

— Oh ! Phyllis doit bien en avoir un à vous prêter. Beaucoup plus sexy que les vôtres, sans doute, ajouta-t-il, moqueur.

— Inutile de chercher à me choquer, j'ai décidé de rester imperméable à vos plaisanteries.

Il lui lança un regard soupçonneux.

— Quel jeu jouez-vous, Sam ? Je vous préviens : flirtez avec qui vous voudrez mais pas avec moi. A moins, bien entendu, que vous soyez prête à aller jusqu'au bout. Parce que cette fois je n'aurais pas la délicatesse de m'arrêter en route pour ménager vos frayeurs de vierge frigide.

Les joues en feu, elle se leva dignement.

— Flirter avec vous ? Vous n'y songez pas ! La fréquentation de Norma et consorts vous inciterait-elle à vous croire irrésistible ?

La tête haute elle sortit vivement de la pièce tandis que derrière elle Mike grommelait entre ses dents.

— Vous me le paierez, Sam ! Je vous le promets.

Chapitre dix

Toute la famille se réunit autour de la piscine.
Moulée dans un maillot une pièce de Phyllis,
rouge et noir, orné d'un entrelacs de dentelle
transparente très « sexy », Samantha s'avança
gracieusement en prenant garde de ne pas trop
s'approcher de Mike.

D'un sourire narquois il lui fit comprendre que
sa réaction ne l'étonnait pas. Il fondit sur elle et
l'attrapant à bras-le-corps la jeta dans l'eau
bleue. Elle refit surface juste à temps pour le voir
exécuter du haut du plongeoir un saut périlleux
particulièrement réussi. Autour du bassin ses
sœurs, son père, sa mère et même Aggie parais-
saient enchantés de la plaisanterie.

Décidée à se venger, elle le laissa nager vers
elle. Mais une fois encore il la prit par surprise et
jugea bon de disparaître juste au moment où elle
s'apprêtait à se jeter sur lui. Il la saisit par une
cheville et, dans un jaillissement d'éclaboussures, l'entraîna à l'autre bout du bassin.

— Vous devriez faire attention, Sam. Il y a des
requins.

— Très malin ! Si vous me lâchiez maintenant ? J'en profiterais pour sortir.

Elle lui échappa, grimpa l'échelle, s'essuya

126

hâtivement et revêtit en guise de sortie de bain une mini-jupe flamboyante et un boléro assorti.

D'un prompt rétablissement Mike se hissa hors de l'eau et vint la rejoindre.

— Vous êtes encore plus sexy que la plus jolie de mes sœurs, déclara-t-il solennellement en la prenant par la taille.

— Si vous permettez je vais imiter les autres et passer à table. Je meurs de faim.

— Venez plutôt par ici. Je connais un coin formidable où nous serons tranquilles.

A contrecœur, elle le suivit derrière une haie d'aubépines. De l'autre côté la famille au grand complet avait pris place autour d'une table de jardin. Larry vint leur apporter deux assiettes où fumaient des steaks, des pommes de terre cuites sous la cendre et des épis de maïs grillés.

— Bon appétit, mes enfants, dit-il en leur adressant un clin d'œil complice.

Sans un mot, Samantha se mit à dévorer son dîner à belles dents. Quand elle reposa son assiette à côté d'elle sur le banc de pierre où ils étaient assis, le regard de Mike fixé sur elle la mit étrangement mal à l'aise.

— Je vous en prie. Cessez donc de me dévisager.

— Pourquoi? Vous n'avez rien à craindre. Je vous l'ai déjà dit : je n'attaque jamais les femmes en public.

Excédée, elle rejoignit Susan à la cuisine pour terminer la vaisselle.

— Un dernier plongeon avant la nuit? proposa Mike dès qu'elle réapparut sur la pelouse.

— Pourquoi pas? répondit-elle d'un air de défi.

Cette fois elle n'attendit pas qu'il la jette à l'eau. Elle plongea très gracieusement du bord

puis, après quelques brasses, se laissa flotter
paresseusement.

La nuit tombait et, avec elle, la fraîcheur des
soirs d'automne. L'eau dégageait une impalpable
vapeur. C'était un véritable délice de s'abandonner à la dérive en regardant les étoiles illuminer
une à une le crépuscule new-yorkais.

Un bruissement cristallin lui fit tourner la tête.
Mike nageait doucement à ses côtés.

— Vous êtes comme les marsouins, Sam. Une
fois à l'eau vous ne voulez plus en sortir. Tout le
monde est rentré depuis longtemps.

— Oh! dans ce cas je vais en faire autant.

Elle reprit pied dans la partie la moins profonde et se dirigea vers l'échelle. D'un geste il
l'empêcha d'aller plus loin.

— Je vous fais donc si peur, madame la
sirène?

Sans lui laisser l'occasion de répondre, il prit
possession de ses lèvres et l'enlaça dans une
étreinte passionnée. Ses jambes mêlées aux siennes il la renversa en arrière. Sa chevelure
dénouée flottait tout autour d'elle. Elle se crispa,
tentant de repousser sa main. Penché sur elle, il
couvrit ses seins de caresses savantes en évitant
la pointe durcie qui pointait sous son maillot
mouillé.

— Cessez donc de lutter contre vous-même,
Sam. Laissez le destin s'accomplir.

Elle se redressa d'un bond.

— Croyez-vous que je sois destinée à devenir
votre maîtresse? Vous voudriez me révéler les
joies de l'amour et, après une nuit féerique,
disparaître de ma vie à tout jamais pour écrire un
nouveau roman où j'aurais peut-être la chance de
me reconnaître sous les traits de votre héroïne?
Je l'imagine très bien, voyez-vous : une femme

128

frigide conquise par un séducteur confirmé. Ne comptez pas sur moi pour vous documenter. Je n'ai rien à vous offrir.

— Vous ne vous connaissez pas vous-même. Vous êtes ardente et passionnée. Un véritable volcan couve sous vos airs de madone irréprochable. Le jour où il entrera en action, plus rien ne pourra l'éteindre. Permettez-moi d'être le premier, Sam. Laissez-moi vous faire l'amour.

— Jamais ! Je préfère rester vierge jusqu'à la fin de mes jours.

Les yeux étincelants, il écrasa sa bouche d'un baiser vengeur. Ses caresses devinrent soudain brutales. Le corps brûlant comme si elle avait la fièvre, elle se plaqua contre lui et planta ses ongles dans son dos. Surpris, il relâcha son étreinte.

— Je... je vous en supplie Mike... Ne m'obligez pas à vous haïr.

Il s'écarta et considéra pensivement ses yeux emplis de larmes.

— La haine serait préférable à l'indifférence. Mais dorénavant inutile de jouer la comédie. Je détiens la preuve infaillible de vos mensonges.

Il se retourna pour lui montrer ses épaules zébrées d'égratignures sanglantes.

— Est-ce ainsi que réagit l'indifférente Mlle Danvers à mes instincts primitifs ?

Avec un cri d'horreur elle s'enfuit vers la maison et s'enferma dans sa chambre.

Son premier soin fut de verrouiller la salle de bains.

— Sam ? hurla Mike quelques instants plus tard. Sam ! Ouvrez cette porte ou je l'enfonce.

A contrecœur elle finit par obéir.

— Tout va bien ? demanda-t-il.

— Evidemment. Et si vous n'y voyez pas d'objection, j'aimerais me coucher tôt. Je tombe de fatigue.

— Comme vous voudrez. Bonne nuit.

Au milieu d'un cauchemar elle vit le ciel s'ouvrir dans un grondement assourdissant. Eblouie par un éclair de lumière blafarde elle s'assit sur son lit et poussa un cri strident.

— Que se passe-t-il ? demanda Mike en surgissant dans sa chambre.

— Euh... rien. Je suis navrée... l'orage a dû me réveiller.

Elle frissonna et ferma les yeux en portant les mains à ses oreilles pour ne plus entendre les grondements de tonnerre.

Il alla tirer les doubles rideaux.

— Voilà. Ça va mieux ?

A moitié nue contre ses oreillers, elle offrait un spectacle des plus troublants. Gênée par son regard elle remonta pudiquement les couvertures sur sa chemise de nuit transparente.

— Je suis terriblement nerveuse ce soir, s'excusa-t-elle.

— Rassurez-vous, vous n'êtes pas la seule. L'orage s'éloigne. Pensez-vous pouvoir vous rendormir maintenant ?

Un instant elle fut tentée de lui tendre les bras et de se blottir contre lui. Jamais elle n'avait été aussi tentée de jeter bas le masque. Une fois encore, pourtant, les mises en garde de son inflexible aïeul l'en empêchèrent.

Les paupières baissées sur le feu dévorant qui scintillait dans ses prunelles, elle donna congé à Mike d'un ton parfaitement inexpressif.

— Merci. Je vais me rendormir tout de suite.

— Parfait. Dans ce cas... Bonne nuit, mademoiselle Danvers.

Derrière lui la porte se referma sans bruit.

Le lendemain matin elle dut se maquiller légèrement pour dissimuler les cernes qui bleuissaient ses paupières. Elle n'avait pas réussi à se rendormir.

Aggie et Susan l'accueillirent chaleureusement à la table du petit déjeuner.

— Ma chère Samantha, nous rentrons, déclara Mme Pendleton. Nous prendrons l'avion demain, à la première heure.

Elle se tourna vers sa sœur :

— Sais-tu où ton garnement de fils a l'intention de séjourner cette fois-ci ?

— Au Canada, je crois. Pour commencer en tout cas. Après, Dieu seul sait où il ira et quand il donnera de ses nouvelles. Quand il a la bougeotte, rien ne peut le retenir. Son départ précipité d'aujourd'hui le prouve assez.

Immobile près de sa chaise, Samantha eut l'impression que le monde s'écroulait.

Elle ne devait conserver aucun souvenir de cette journée de cauchemar. Elle agissait comme un automate. Mike était parti sans même un au revoir. Une fois de plus il l'abandonnait sans se soucier de savoir comment elle ferait face au vide de son existence. Si jamais elle y parvenait.

Le lendemain elle se leva à l'aube pour boucler sa valise. Inlassablement son regard revenait sur la porte de communication entre leurs deux chambres. N'y tenant plus elle la poussa doucement.

La pièce était vaste et décorée dans des tons bleus et or. Sur les étagères trônaient des modè-

131

les réduits d'avions, de voiliers et des trophées sportifs.

Elle contempla avec attendrissement les photos d'un jeune Mike en tenue de capitaine, fièrement campé devant son équipe de base-ball et celles où, à côté de son père, au bord d'un lac paisible, il exhibait glorieusement le corps tacheté d'or d'une énorme carpe.

Avec un soupir elle se retira sur la pointe des pieds et courut rejoindre Aggie.

Une heure plus tard, elles montaient à bord d'un jet à destination de Charleston. Si Mme Pendleton remarqua la morosité inhabituelle de sa secrétaire, elle eut assez de tact pour ne rien dire.

A dater de ce jour, Samantha se contenta de vivre dans le présent. Elle consacrait ses matinées aux affaires d'Aggie et occupait ses après-midi de son mieux pour éviter d'être livrée à l'inaction.

La plupart du temps elle faisait de longues promenades à *Edisto Beach* et courait sans but sur le rivage. Exténuée, elle ne rentrait que pour le dîner. Malgré ses efforts physiques elle manquait d'appétit. Généralement elle grignotait une feuille de salade ou un fruit du bout des dents et se retirait rapidement. Mais une fois couchée le sommeil la fuyait. Elle se tournait et se retournait dans son lit sans trouver le repos. Depuis le bal masqué du début de l'été jusqu'au bain dans la piscine des parents de Mike, elle ne cessait de ressasser tous les instants vécus avec lui. Le cœur déchiré, elle s'efforçait d'oublier qu'il aurait été doux de continuer à l'avoir constamment auprès d'elle. Comme un grand frère, se répétait-elle en refusant d'admettre la force des sentiments qui la poussaient vers lui.

Aggie ne fut pas sans s'inquiéter de son humeur mélancolique.

— Vous avez le teint pâle et les traits tirés, mon petit.

— Je vais très bien, je vous assure, la détrompa Samantha en riant. Ce séjour à New York m'a peut-être un peu fatiguée mais d'ici quelques jours il n'y paraîtra plus.

A la fin de la première semaine elle se réconforta en se disant que le plus dur était passé. La deuxième semaine lui parut interminable. Au début de la troisième elle n'avait toujours pas de nouvelles de Mike et broyait du noir à longueur de journée.

Un après-midi où elle était allée courir à *Edisto Beach* elle fut surprise par une averse torrentielle et rentra sous la pluie battante. Elle frissonnait de froid dans son short et son polo trempés. Ses cheveux dénoués dégoulinaient sur ses épaules. Exsangue, elle claquait des dents.

Affolée, Bella, l'une des servantes, lui ordonna d'enfiler un peignoir et des chaussettes de laine en attendant que son bain soit prêt. Puis sans tenir compte de ses objections elle la plongea dans la baignoire fumante, la mit au lit et lui servit une tasse de bouillon.

Dès son retour, Aggie, qui avait passé la soirée chez des amis, se précipita dans sa chambre.

— Je vais très bien, assura Samantha en éternuant. Très bien.

La vieille dame lui remonta les couvertures sous le menton.

— Vous avez attrapé du mal, mon petit. Je ferais peut-être bien de demander au Dr Adams de venir.

— Inutile de le déranger pour si peu. Demain matin, ce ne sera plus qu'un mauvais souvenir.

— Je l'espère. Mais si vous n'êtes pas rétablie pour le petit déjeuner j'appellerai le médecin.

Le lendemain matin Samantha avait les joues brûlantes et la fièvre parait son regard d'un éclat malsain.

— La malheureuse est exténuée, murmura le docteur appelé d'urgence. Sa toux ne me dit rien qui vaille. Elle risque une pneumonie. A votre place, madame Pendleton, je l'enverrais à l'hôpital.

— J'ai horreur des hôpitaux, répliqua Aggie d'un ton sec. On y est peut-être très bien soigné mais il y règne une atmosphère glaciale. Elle sera beaucoup mieux ici. Son cas ne relève pas seulement de la médecine. Elle a terriblement besoin de se sentir aimée et entourée d'affection.

Le médecin soupira, rédigea plusieurs ordonnances et fit ses dernières recommandations.

— S'il lui arrive malheur je vous en tiendrai responsable. Suivez mes instructions à la lettre et appelez-moi à la moindre complication.

— Vous pouvez compter sur moi, docteur. Elle ne manquera de rien, je vous le promets. Je prendrai personnellement soin d'elle.

Chapitre onze

La fièvre refusait de baisser. Trempée de sueur Samantha s'agitait en geignant plaintivement dans son délire. De temps en temps un visage apparaissait devant ses yeux. Elle obéissait docilement aux ordres qu'on lui donnait et se laissait redresser sur ses oreillers pour avaler une tisane, une potion, des comprimés... Epuisée, elle refermait les paupières et glissait dans une somnolence cotonneuse traversée par de rares éclairs de lucidité.

— Tâchez de rester un peu tranquille, ne cessaient de recommander Aggie et Bella qui se succédaient sans trêve à son chevet.

Inconsciemment, elle se débattait contre la fièvre et rejetait ses couvertures. Elle étouffait.

Un nouveau visage ne tarda pas à hanter son délire. Une hallucination, sans doute. Comment Mike aurait-il pu être près d'elle? Il se trouvait au fin fond du Canada.

— Vous n'êtes pas vraiment ici, chuchota-t-elle entre ses lèvres desséchées en repoussant ses mains qui tenaient les siennes. Vous êtes parti. Vous m'avez abandonnée.

— Chut... Il faut vous reposer, Sam.

— Ce n'est pas vous. Je le sais.

— C'est moi, Sam. Je suis bien là, en chair et en os. Et je ne vous quitterai plus. Je vous le promets.

Une lueur traversa son regard fiévreux. Une quinte de toux déchirante la secoua. Elle se laissa aller contre ses oreillers et, pour la première fois depuis le début de sa maladie, s'endormit d'un profond sommeil. Ses traits se détendirent. Sa respiration devint plus régulière. Un timide sourire se dessina sur ses lèvres.

Debout au pied du lit, Aggie posa une main sur l'épaule de son neveu.

— Elle ne me pardonnera jamais de t'avoir prévenu, Michael.

— Ne t'inquiète pas. Si tu ne m'avais pas envoyé ce télégramme, c'est moi qui ne te l'aurais jamais pardonné. Va te reposer maintenant. Je la veillerai.

— Je te remercie d'être venu sans délai, répondit la vieille dame qui l'embrassa tendrement et se retira sur la pointe des pieds.

Samantha s'étira en poussant un long soupir. Dans la demi-pénombre où la veilleuse baignait sa chambre elle devina une silhouette allongée sur le divan de repos près de son lit.

Ses cheveux blonds en bataille, le menton couvert d'une ombre de barbe, Mike lui parut d'une beauté juvénile. Il s'étira aussi et ouvrit les yeux, comme s'il avait senti son regard attaché sur lui.

— Moi qui croyais avoir imaginé votre présence à mes côtés ! s'exclama-t-elle d'une voix à peine audible.

Il posa doucement la main sur son front.

— La température a enfin baissé. Vous êtes en voie de guérison.

— Depuis combien de temps suis-je au lit ?

— Cinq jours. Bientôt six.

— Et depuis quand êtes-vous à mon chevet ?

— Presque quatre jours. Vous avez été très gravement malade, Sam. Le docteur voulait vous envoyer à l'hôpital mais Aggie a préféré vous garder ici pour veiller sur vous. Si j'ai bien compris, tout est entièrement de votre faute. Vous mangiez à peine, dormiez encore moins et passiez vos journées à courir le long de la plage. Pas étonnant si un simple coup de froid s'est transformé en début de pneumonie. Vous n'aviez plus aucune résistance à opposer à la maladie.

— Vous vous trompez. Je me portais comme un charme.

Elle étouffa un bâillement. Cette brève conversation suffisait à l'épuiser.

— Il faut vous reposer maintenant. Je vous apporte vos médicaments et vous vous rendormirez bien gentiment.

— Vous aussi vous semblez avoir besoin de sommeil, remarqua-t-elle en avalant ses comprimés.

— Si vous acceptez de suivre scrupuleusement mes conseils je vous promets de prendre un peu de repos.

— Dites toujours.

— Restez bien au chaud sous vos couvertures et dormez, répondit-il en l'embrassant sur le bout du nez. Nous devrions arriver à vous remettre sur pied en quelques jours.

Mike se révéla un garde-malade d'une patience à toute épreuve. Ses attentions ne tardèrent pas à porter leurs fruits. Au fur et à mesure qu'elle reprenait des forces, Samantha retrouvait aussi sa gaieté coutumière. Il passait tous ses après-midi avec elle et lui racontait des histoires pour l'amuser. Quand elle riait ses joues rosissaient et

Mike la contemplait d'un regard approbateur, comme si son rire cristallin le récompensait de toutes ses peines.

Elle avait tellement hâte de se rétablir qu'elle ne tenait plus en place. Un matin elle rejeta ses couvertures et se glissa hors du lit. Elle réussit à faire deux ou trois pas puis tout se mit à tourner. Avec un gémissement elle vacilla et tomba sur le tapis.

— Sam ! rugit Mike en se précipitant dans la chambre. Où alliez-vous comme ça ? Je vous ai déjà dit d'appeler si vous aviez besoin de vous lever.

— Je ne peux tout de même pas vous déranger sans arrêt.

— Mettez vos bras autour de mon cou. En guise de punition vous passerez une journée de plus au lit. Mais... vous êtes légère comme une plume ! Nous allons remédier à cela sans plus tarder. A partir d'aujourd'hui vous êtes au régime hautes calories.

Troublée par le contact de ses mains sur sa peau nue elle rougit délicieusement.

— Vous... vous pouvez me lâcher maintenant, balbutia-t-elle d'une voix éperdue.

— Vous ne m'avez toujours pas révélé où vous comptiez aller vagabonder, jeune dame.

— Nulle part. Je... je m'ennuyais... je voulais seulement marcher un peu.

— Si vous êtes sage je vous emmènerai vous promener demain après-midi. Reposez-vous encore aujourd'hui. Je vous confie à Bella. J'ai rendez-vous avec mon agent littéraire pour mon dernier roman.

A contrecœur, elle accepta de rester enfermée toute la journée. Elle feuilletait distraitement un magazine quand Bella apparut avec une énorme gerbe de roses blanches.

— On vient juste de les livrer, mademoiselle, dit-elle en posant délicatement le vase sur la table de chevet. Elles sont magnifiques. Vous ne trouvez pas ?

— Si, murmura-t-elle en prenant la carte glissée entre les tiges.

« Ces quelques fleurs pourront-elles me faire pardonner mon absence ? Mike. »

Aggie vint la rejoindre à l'heure du dîner avec deux plateaux appétissants.

— Michael a téléphoné, ma chère enfant. Il est retenu pour toute la soirée.

La vieille dame eut beau faire, elle ne réussit pas à dérider Samantha qui toucha à peine à son assiette. Un horrible soupçon ne cessait de la harceler. Et si Mike en avait profité pour rendre visite à Norma Durant ?

Le lendemain matin Bella lui lava les cheveux et lui fit prendre un bain. Puis elle noua ses lourdes boucles en un gracieux chignon et l'aida à s'habiller.

Vêtue d'une longue robe d'intérieur bleu lavande, elle était allongée sur le divan, près de la fenêtre éclairée par les rayons du couchant, quand Mike vint enfin la retrouver.

Immobile sur le seuil de la chambre, il lui adressa un chaleureux sourire.

— Vous voici presque redevenue vous-même. Mais fort heureusement vous paraissez beaucoup plus humaine que la Samantha glacée du début de l'été. Si vous voulez bien me permettre...

Il la prit par la main, l'aida à se lever et, un bras passé autour de sa taille, lui fit faire quelques pas.

— Nous commencerons par le tour de cette

chambre. Mieux vaut attendre encore un peu pour affronter le vaste monde. Vous êtes encore bien fragile, petite Sam.

A la fin de la semaine elle parvint à gagner toute seule le haut des escaliers. Mike insista pour la porter jusqu'en bas et l'installer confortablement au soleil sur une chaise longue.

— Si toutes mes malades étaient aussi raisonnables ! soupira le Dr Adams quand il vint lui rendre sa visite hebdomadaire. Encore un peu de patience. Vous serez bientôt complètement rétablie.

— J'espère bien, répondit-elle un peu sèchement. On me gave de jus d'orange et de vitamines. Je commence à ne plus savoir comment employer toute cette énergie.

— Patience, répéta le vieux médecin. Profitezen pour vous reposer et retrouver des forces. Tant que vous vous couvrez convenablement, je ne vois aucun inconvénient à ce que vous commenciez à vous promener un peu dans le jardin.

Ce fut par un bel après-midi ensoleillé que Norma Durant choisit d'apparaître subitement sur la terrasse où Samantha prenait un « bain de soleil » emmitouflée comme en plein hiver.

Dans son jean étroitement serré et son corsage outrageusement décolleté, la belle Mme Durant rayonnait de vitalité.

Samantha la salua poliment.

— Puis-je vous être utile, madame ?

— Vous ne paraissez pas très malade, répondit la visiteuse d'un ton douceureux en la dévisageant attentivement.

— Je suis ravie de pouvoir vous rassurer sur mon état de santé. Je vais beaucoup mieux en effet.

— Depuis trois semaines Mike refuse de me

voir sous prétexte qu'il doit rester à votre chevet. Je lui ai dit cent fois d'engager une infirmière ou de vous envoyer à l'hôpital. Si encore vous faisiez partie de la famille, je comprendrais. Mais une simple employée...

— Tiens ! Bonjour, Norma.

Elles sursautèrent toutes les deux. Mike s'approcha, un rien narquois.

Aussitôt Norma se fit sucre et miel.

— Mon chéri ! s'écria-t-elle en lui tendant les bras. Il y a une éternité que je ne t'ai pas vu !

Il l'embrassa légèrement sur les lèvres.

— J'ai eu à faire, Norma.

— Si vous voulez bien m'excuser... murmura Samantha en se levant. Il fait frais. Je rentre.

Assise à son bureau, elle s'enfouit la tête dans les bras et pleura sans même comprendre la raison de ces larmes.

— Sam...

Elle se redressa, prête à mordre.

— Excusez-moi. Je suis encore très fragile. Le grand air me fatigue.

— Vous n'êtes pas fatiguée, répondit Mike en se perchant sur le coin de son bureau. Pas assez en tout cas pour me refuser la faveur que je viens vous demander.

— Vous avez tant fait pour moi. Je n'ai rien à vous refuser. Que désirez-vous, monsieur Trent ?

Il choisit d'ignorer le ton froid et distant.

— J'aimerais vous emmener à une petite réception demain soir. Oh ! rien d'extraordinaire. Une soirée chez des amis. Je suis sûr qu'ils vous plairont. Cela vous distraira. Il n'est pas recommandé à une convalescente de rester confinée à la maison.

— Merci beaucoup, répliqua-t-elle en se levant brusquement. Si Mme Durant a décliné votre invitation, n'espérez pas vous rabattre sur moi en guise de consolation. Je ne suis tout de même pas si naïve.

Il la saisit par les épaules et la secoua brutalement sans égard pour sa santé fragile.

— C'est vous que je veux inviter à cette soirée, personne d'autre. Maintenant si vous refusez de venir, libre à vous. Cela m'indiffère complètement.

— Je... je veux bien, chuchota-t-elle, les yeux baissés. Seulement je m'en voudrais de vous gâcher votre sortie. Ce n'est guère amusant de tenir compagnie à une malade.

— Ne vous inquiétez pas de cela. Ni du reste, ajouta-t-il avec un sourire moqueur. Si vous êtes là je suis sûr de passer une excellente soirée. Je me fais bien comprendre ?

— Oui, Mike, répondit-elle d'une voix tremblante.

— Vous dites ?

Il éclata de rire. Ses yeux pétillaient de joie.

— Je n'y croyais plus ! « Oui, Mike... » Nous allons fêter cela, Sam. Soyez prête à sept heures. Nous commencerons par dîner en ville.

— Mike ?... Vous sortez avec Norma ce soir ?

Il la considéra sévèrement et lui donna une petite tape sur la joue.

— Ne laissez plus jamais personne affirmer que vous ne faites pas partie de la famille.

Puis il sortit en sifflant joyeusement.

Chapitre douze

Le lendemain Aggie les regarda partir avec un sourire complice.

Vêtue d'un ensemble rose fuchsia brodé ton sur ton, Samantha rayonnait de bonheur. Elle avait planté une rose blanche dans ses cheveux de jais et dissimulé ses cernes sous une couche de fond de teint rosé qui avivait ses joues pâles.

Mike choisit un restaurant élégant et raffiné où ils dînèrent en toute tranquillité. Il divertit sa compagne par une conversation pleine d'intérêt, sut la faire rire et l'émouvoir.

Puis, tenant sa main fermement serrée dans la sienne, il l'entraîna vers la demeure de ses amis. Paniquée à l'idée de faire de nouvelles connaissances, elle aurait volontiers pris ses jambes à son cou. Il la rassura d'un sourire éblouissant.

— Ne vous en faites pas, Sam. Ils ne vont pas vous manger.

Elle passa une excellente soirée. Tout le monde semblait déjà la connaître et on la félicita chaleureusement de son prompt rétablissement. Elle commençait à se sentir un peu fatiguée quand, reposant son verre, Mike la prit par le bras.

— Il est temps pour nous de nous retirer, s'excusa-t-il auprès de leur hôtesse.

— Oh ! je comprends, répondit-elle. Sam a besoin de repos. C'est tout à fait naturel. J'espère vous revoir bientôt tous les deux. Prenez bien soin d'elle, Mike.

— Vous pouvez compter sur moi, assura-t-il.

Au pied de l'escalier il enleva sa veste pour la mettre sur les épaules de Samantha.

— N'allez pas attraper froid. On m'a trop complimenté sur mes talents de garde-malade.

— Vos amis sont charmants, Mike, murmura-t-elle, embarrassée par tant de prévenances. Je suis désolée de partir si tôt.

— Eh bien ! en guise de compensation nous resterons très tard la prochaine fois.

Le trajet du retour lui parut étrangement court. Sans un mot il la raccompagna jusqu'à sa chambre. Elle portait toujours sa veste, négligemment jetée sur ses épaules. Il l'enlaça étroitement.

— Vous êtes terriblement belle et désirable. C'est presque déloyal.

Dans un gémissement d'abandon elle se laissa aller entre ses bras. Le cœur battant, le souffle court, elle répondait à ses baisers avec une ardeur enfiévrée. Prête à défaillir elle sentit ses jambes se dérober. C'est alors qu'une des petites phrases lapidaires de son grand-père traversa sa mémoire : « Le malheur est le prix du déshonneur, ma fille. »

Elle repoussa brutalement Mike.

— Non, je ne peux pas, murmura-t-elle dans un sanglot.

— Vous êtes la femme la plus désirable que je connaisse, dit-il entre ses dents serrées. Je meurs d'envie de m'endormir et de me réveiller à vos côtés. Vous aussi vous en mourez d'envie. Je le sais. Si je m'écoutais je vous emmènerais dans ma chambre séance tenante et je vous ferais l'amour jusqu'au lever du jour. Mais c'est inutile. Je veux que vous vous donniez à moi de votre plein gré. Je vais donc me retirer chez moi et prendre une douche froide pour me calmer. Bonne nuit, Sam, conclut-il dans un dernier baiser.

Elle pleura longtemps, roulée en boule dans son lit.

Peu lui importait qu'il la trouve désirable. Elle aurait voulu lui entendre avouer : « je vous aime ».

Le lendemain elle passa toute la journée à répondre au courrier accumulé depuis sa maladie. Mike ne se montra pas avant la tombée de la nuit.

Aggie était invitée en ville. Ils dînèrent en tête à tête et passèrent au salon où la radio jouait en sourdine.

— M'accorderiez-vous cette danse, mademoiselle Danvers ?

Elle se leva gracieusement, comme dans un rêve.

La tête enfouie dans ses cheveux, Mike la serra à l'étouffer.

— Je n'en peux plus, soupira-t-il d'une voix rauque. Vous me rendrez fou, Sam. Vous ne semblez même pas vous rendre compte de ce que j'éprouve.

— Je sais parfaitement où vous espérez me conduire. Cela ne m'intéresse pas. Je ne suis pas de celles qu'on aime une nuit et qu'on abandonne au lever du jour. Inutile de vous obstiner. On vous a peut-être habitué à céder à vos caprices. Mais moi je ne céderai pas.

Il s'écarta avec humeur, les traits marqués par la colère.

— J'ignore ce qu'il vous est arrivé mais vous êtes devenue un monstre insensible. Vous n'offrez plus la moindre ressemblance avec la jolie fille avide de caresses à qui j'ai failli faire l'amour il y a sept ans.

Il la dévisagea longuement d'un regard empli d'une étrange tristesse.

— Vous êtes belle, séduisante, adorable... mais derrière cette façade il n'y a rien. Vous présentez autant d'attrait qu'un joli coquillage vide ramassé sur le sable. Toute vie vous a quittée, Sam.

Les larmes aux yeux, elle se détourna.

— Vous ne comprenez donc pas ? Je n'avais pas d'autre moyen pour surmonter mon désespoir.

Il ne parut pas l'entendre et éclata d'un rire amer.

— Je vous aime, Sam. *Je vous aime.* Malheureusement l'amour appartient à un univers qui vous reste complètement étranger. Je pourrais m'obstiner encore. Si je voulais même, je pourrais vous plier à ma volonté, embraser votre corps, vous faire gémir de plaisir, vous obliger à demander grâce. Mais à quoi bon ? Cela ne me suffirait pas. Je vous veux corps et âme. Je vous veux à moi et toute à moi. Et je veux aussi une maison et des enfants... C'est sans doute beaucoup trop demander. Vous n'êtes pas prête encore. Peut-être ne le serez-vous jamais...

Il lui lança un long regard désespéré et se détourna brusquement.

— Je ne supporte plus de vivre près de vous sans pouvoir vous atteindre. Je préfère m'en aller. Qui sait ? Le temps jouera peut-être en ma faveur. Je ferai peut-être mentir le dicton « loin des yeux loin du cœur ». Un jour vous finirez obligatoirement par admettre la vérité. Je l'espère. Mais je n'ai plus le courage d'attendre.

Il lui fit face une dernière fois.

— Je m'en vais. Au revoir, Sam.

Abasourdie, elle le regarda quitter la pièce sans même tenter de le retenir. Puis, machinalement, elle monta dans sa chambre et se prépara à se mettre au lit.

En chemise de nuit elle s'assit devant sa coiffeuse, défit son chignon et se brossa distraitement les cheveux.

« Je vous aime, Sam. *Je vous aime.* »

— Moi aussi, balbutia-t-elle. Moi aussi je vous aime, Mike.

Ce fut comme si la foudre venait de tomber à côté d'elle.

La brosse heurta le marbre de la coiffeuse avec un bruit mat. Sa chemise de nuit virevoltant autour d'elle, ses cheveux flottant dans la pénombre, elle se rua dans l'escalier. Haletante, elle se précipita au troisième étage.

— Mike ! Mike ! Je vous en supplie, ouvrez-moi !

La porte céda sous sa poussée. Etonnée, elle s'avança lentement dans le salon obscur.

— Mike ? appela-t-elle d'une voix pressante. Mike ?...

Et tout à coup elle comprit : il était déjà parti.

Désespérée, elle se laissa tomber sur le divan. La tête entre les mains elle éclata en sanglots convulsifs.

— Qu'est-ce que...

D'un bond elle se redressa.

Les jambes nues sous son peignoir de bain, Mike se tenait sur le seuil, un verre à la main.

— Je... je... J'ai cru que vous étiez déjà parti.

— Je n'arrivais pas à dormir, expliqua-t-il

doucement. Je me suis levé pour boire un verre de whisky et comme je n'en avais plus, je suis descendu en voler un peu à Aggie. Vous vouliez me voir, Sam ?

— Je...

La gorge nouée elle lui lança un regard suppliant.

— Oui ? Je vous écoute.

— Je...

Il demeurait immobile, comme suspendu à ses lèvres. Elle crut deviner dans son attitude une légère désapprobation qui acheva de la désespérer. Les joues ruisselantes de larmes elle s'avança avec raideur.

— Je suis désolée de vous avoir dérangé. Laissez-moi passer, je vous en prie. Et... bon voyage.

D'un bond il traversa le salon et la serra dans ses bras.

— Oh ! Sam ! Que vais-je faire de vous ?

Elle secoua faiblement la tête et tenta de le repousser.

— Je vous en supplie, laissez-moi sortir.

— Non. Cette fois je ne vous permettrai pas de vous échapper. Mais vous tremblez de froid ! Vous auriez dû enfiler une robe de chambre. A-t-on idée de se promener ainsi à moitié nue ?

Sans lui laisser le temps de protester, il l'enleva dans ses bras et la porta dans son lit. Les draps conservaient encore l'empreinte et la chaleur de son corps.

Assis près d'elle, il plongea les yeux dans les siens.

— Qu'étiez-vous venue me dire, Sam ?

— Je...

Une fois encore elle trébucha sur l'aveu qu'il lui coûtait tant de prononcer.

Elle éclata en sanglots et pressa les draps contre ses lèvres frémissantes.

— Il vaut peut-être mieux commencer par le commencement, murmura-t-elle enfin d'une voix à peine audible. Quand mes parents sont morts, grand-père m'a recueillie et m'a élevée à sa manière. Il a toujours veillé à ce que je ne manque de rien ; seulement il n'a peut-être pas su me donner toute l'affection dont j'avais besoin. Jamais il ne m'adressait un mot gentil, un encouragement. Toute petite par exemple, je m'appliquais beaucoup à l'école pour lui faire plaisir. Mais quand je rentrais à la maison avec de bonnes notes, il se contentait de répéter que j'aurais pu obtenir beaucoup mieux. Et puis... j'ai grandi et il a commencé à me tenir d'interminables discours sur la vanité de l'existence. J'étais trop jolie, disait-il sans cesse. Ma beauté m'attirerait toutes sortes d'ennuis. Je ressemblais trop à ma mère et, comme elle, les hommes se serviraient de moi pour assouvir leurs instincts les plus bas...

Mike lui serra tendrement la main pour l'encourager à terminer cette pénible confession. C'est d'une voix entrecoupée de sanglots qu'elle reprit :

— Après votre départ il m'a accusée des pires vilenies. Plus jamais il ne m'a autorisée à sortir. Même pas avec mon amie Jeannie. Il me cloîtrait à la maison et, si j'essayais de l'amadouer, il se lançait dans ses insupportables sermons. Quand il est mort, il y a un an, je me suis retrouvée seule au monde. Heureusement, Jeannie ne m'avait pas oubliée. Elle m'a consolée de son mieux et c'est elle qui m'a fait entrer au service d'Aggie. Je lui en dois une reconnaissance éternelle. Aggie a

149

été la première personne au monde à me témoigner un peu de tendresse et d'amitié.

A bout de force, elle s'interrompit, incapable de continuer.

D'une légère caresse, Mike écarta les mèches qui tombaient devant ses yeux.

— Eprouvez-vous un petit quelque chose pour moi, Sam ?

— Quand vous m'embrassez je... je...

Les joues soudain brûlantes elle baissa honteusement la tête. Il l'obligea à le regarder droit dans les yeux.

— Eh bien ?

— Je voudrais vous dire... je... moi aussi, je vous aime, Mike.

Immobile, il retenait son souffle.

— Vous en êtes sûre ? demanda-t-il enfin. Vraiment sûre ? L'idée de partager mon lit ne vous effraie-t-elle pas ?... Je serai franc avec vous, Sam. Si nous devons continuer à vivre sous le même toit, je ne pourrai pas éternellement mettre un frein à mes désirs. L'amour ne s'arrête pas à quelques innocentes caresses. Je compte bien vous le faire découvrir. Et quand je vous aurai possédée une fois, je crains fort de ne plus pouvoir vous regarder sans avoir envie de vous prendre dans mes bras.

Avec un doux sourire, elle effleura sa bouche d'un baiser mutin.

— J'espère seulement que vous tiendrez ces belles promesses, monsieur Trent.

Il poussa un rugissement de joie et la renversa sur le lit pour butiner avidement ses lèvres.

Les mains glissées sous son peignoir elle lui jeta un regard interrogateur.

— Vous ne portez rien en dessous ?

— Non, répondit-il en riant. Il faudra vous y

faire : votre mari a les pyjamas en horreur. Je dors toujours nu.

— Dans ce cas, moi aussi.

D'un geste preste elle fit glisser sa chemise de nuit par-dessus sa tête.

— Sam... murmura-t-il d'une voix rauque en contemplant ses seins ronds et fermes tendus vers lui. Rhabillez-vous. Sinon je céderai à la tentation et je veux attendre sagement notre lune de miel pour vous ravir votre innocence. Aggie m'en voudrait trop d'avoir séduit sa secrétaire.

— Mais, Mike, vous confondez tout. Vous voyez bien que c'est moi qui vais vous séduire.

Ivre de bonheur, pour la première fois de sa vie, elle laissa exploser les sentiments qu'elle éprouvait pour le seul homme au monde capable de la révéler à elle-même.

Mutine, taquine, elle se fit provocante et pressa suggestivement sa poitrine contre son torse hâlé.

— Sam... Vous attendrez d'être mariée, répéta-t-il en lui enfilant de force sa chemise de nuit.

— Mariée ! soupira-t-elle. Je pensais que vous vouliez faire de moi une de vos nombreuses maîtresses.

— Une liaison de ce genre ne m'aurait jamais satisfait. Je suis tombé amoureux de vous dès le premier soir, au bal masqué.

— Et c'est aussi au bal masqué que nous nous sommes retrouvés. Le destin nous aurait-il pris sous son aile ?

— A ce sujet... J'ai un aveu à vous faire, ma tendre aimée. Si je suis allé au bal cette année c'est uniquement pour vous rencontrer.

— Comment saviez-vous... Oh ! je comprends. Aggie vous avait prévenu que vous m'y trouveriez. Mais alors...

— Il y a sept ans, j'ai eu la faiblesse de me confier à ma tante. Elle savait qu'une jeune beauté brune m'ôtait jusqu'à l'envie de dormir.

— Mon souvenir vous tenait-il réellement éveillé ? demanda-t-elle les yeux brillants.

— Je le confesse sans trop de honte, gente dame.

— Aggie était donc au courant de tout quand elle m'a embauchée ?

— Sans aucun doute. Elle connaît très bien la mère de Jeannie. Quand elle a appris le décès de votre grand-père elle a tout de suite pensé vous accueillir ici. Aggie est incorrigible. Son âme sensible et romantique a eu raison de tous les obstacles. Elle me connaissait assez pour deviner que je ne vous oublierai jamais. Un jour ou l'autre je viendrais à passer chez elle et... Voici comment nous en sommes arrivés ici, très chère Samantha, dans mon lit.

— Je ne m'attendais pas du tout à vous voir réapparaître dans ma vie. Malgré tous mes efforts, moi non plus je ne parvenais pas à vous oublier.

Rougissante, elle cacha son visage au creux de son épaule.

— Vous étiez le premier homme à m'avoir embrassée, confessa-t-elle dans un souffle. Et je m'étais juré que vous seriez aussi le seul.

— Parfait. Je n'en demande pas plus : je veux régner en maître sur votre cœur. Vous savez, je m'apprêtais à vous proposer de m'accompagner en Allemagne le soir où votre grand-père nous a surpris devant chez lui.

— Oui. Mais vous ne m'auriez pas épousée.

— C'est vrai. Je n'étais pas sûr encore de vouloir m'encombrer de vous pour le restant de mes jours. Aujourd'hui je suis prêt à sauter le pas, mon amour.

Cette fois, quand elle se blottit entre ses bras, il ne la repoussa pas ! Il couvrit sa bouche de baisers brûlants, heureux de la sentir vibrer d'un désir intense sous ses caresses.

Avec un soupir résigné il se dégagea de son étreinte.

— Mike ? Où allez-vous ? demanda-t-elle, le cœur serré.

— Pas très loin, répondit-il en éteignant la lumière.

Le sommier gémit sous son poids. Il se glissa tout habillé à côté d'elle, sous les draps.

— Je n'ai pas le courage de vous renvoyer dans votre chambre, dit-il en la reprenant dans ses bras.

— Vous gardez votre peignoir ? Vous affirmiez pourtant avoir horreur des pyjamas.

— Je me méfie de moi et... de vous. Soyez sage, petit démon. Je tiens à ma promesse. Nous attendrons d'être unis dans les règles, Samantha.

La tête posée sur sa poitrine, les yeux grands ouverts dans le noir, elle se risqua à poser une question qui la tourmentait depuis bien longtemps.

— Mike... Etiez-vous amoureux de Norma ?

Il eut un petit rire moqueur.

— Pas le moins du monde. Elle m'a aidé à passer le temps, sans plus. En réalité j'étais bien trop occupé d'une déesse inaccessible pour m'intéresser à qui que ce soit. Demain matin nous demanderons à Aggie de tout préparer pour notre mariage et de publier les bans. Je ne pourrai pas attendre beaucoup plus longtemps. D'ici une semaine vous serez ma femme, Sam.

Elle se rapprocha de lui et posa timidement sa

jambe sur la sienne. Sa femme !... Le corps frémissant de désir elle se mit à rêver de leur nuit de noces. En matière d'érotisme son imagination n'était pas très féconde. L'inconnu s'ouvrait devant elle : merveilleux, mystérieux et... un peu effrayant aussi.

— Mike... Je ne vais sûrement pas me transformer du tout au tout en une semaine. Que se passera-t-il si... si...

Elle se tut, incapable de formuler à haute voix ses frayeurs les plus intimes.

— Ne vous inquiétez pas, Sam. Tout se passera très bien. Je vous aime et vous le prouverai. N'allez pas vous imaginer atteinte d'un mal incurable. Votre frigidité n'était qu'une façade. Vous ne devriez pas tarder à être définitivement guérie. Il vous suffit, pour hâter votre guérison, de montrer un peu de cette obstination dont vous avez fait preuve au cours des derniers mois.

— Que voulez-vous dire ?

— Je parle de votre détermination farouche à me battre froid, expliqua-t-il en dévorant son visage de baisers enflammés. Oh ! Sam ! J'ai tellement envie de vous faire l'amour. Maintenant. Tout de suite.

— Oui, chuchota-t-elle d'une voix haletante. Tout de suite.

— Non. Pas comme ça.

Il se releva d'un bond, ralluma la lumière et se pencha sur elle pour contempler son visage radieux d'un regard empli de tendresse.

— Nous devons respecter les convenances.

— Comment faire ?

Il la souleva dans ses bras et, sans un mot, la redescendit dans sa chambre. Il prit encore le temps de la border avant de répondre :

— Dormez bien et... vite. Il faudra vous lever

154

tôt. Pour respecter les convenances il est indispensable de commencer par obtenir une dispense pour nous marier avant après-demain.

Avec un sourire espiègle elle l'enlaça et l'attira contre elle.

— Je vous aime, monsieur Michael Trent, chuchota-t-elle en resserrant son étreinte pour l'embrasser avec toute l'ardeur d'une femme brûlante d'amour.

Quand elle lui rendit enfin sa liberté il poussa un profond soupir et se redressa d'un air décidé.

— Parfait. Habillez-vous, ordonna-t-il contre toute logique. Rejoignez-moi en bas dans dix minutes. Je vais réveiller Aggie. Elle doit bien connaître la marche à suivre pour célébrer un mariage de toute urgence. Nos fiançailles n'ont que trop duré.

Sur le pas de la porte il se retourna et lui adressa un sourire qui lui fit battre le cœur.

— Je vous aime, Samantha Danvers. Et, croyez-moi sur parole, dussions-nous prendre l'avion pour Las Vegas, vous serez madame Michael Trent avant la fin de la nuit.

Elle bondit hors du lit et se mit à danser une folle sarabande.

Une nouvelle vie s'ouvrait devant elle. Une vie cent fois plus belle que tous les contes de fées.

Puis, très sérieusement elle entreprit l'inventaire de sa garde-robe pour choisir sa toilette de mariée.

Vous avez aimé ce livre de la *Série Romance*.

Mais savez-vous que Duo publie pour vous
chaque mois deux autres séries?

Désir vous offre la séduction, la jalousie,
la tendresse, la passion, l'inoubliable...
Désir vous entraîne dans un monde de sensualité
où rien n'est ordinaire.

Série Désir: 6 nouveaux titres par mois.

Harmonie, ce sont des romans plus longs, riches
en détails pittoresques, en aventures merveilleuses...
Harmonie, ce sont 224 pages de réalisme et de rêve,
pour faire durer votre plaisir.

Série Harmonie: 4 nouveaux titres par mois.

Série Romance: 6 nouveaux titres par mois.

Duo

Série Romance

183   **MIA MAXAM**
La course à l'amour

Folle Christina qui se fait passer pour un garçon
parce que l'arrogant Scott Kirkner
l'a traitée de haut.
De mensonge en mensonge, la voilà entraînée
dans un double jeu d'autant plus risqué que Scott
ne lui est pas indifférent, loin de là...

185   **RENA McKAY**
La vallée des cœurs brisés

A peine arrivée au ranch des Chandler, Vickie
regrette la mission dont elle s'est imprudemment
chargée. Elle se désespère. Si elle respecte
la promesse faite à sa cousine, elle perd
du même coup l'estime et l'amour de Rod,
le seul être qui compte désormais dans sa vie.

186 **ALICE BROOKE**
L'été ensorcelé

Partagée entre Roger, son fiancé parti tenter
sa chance comme acteur en Californie,
et le ténébreux Dr. Anderson qui se moque d'elle
mais dont les baisers lui coupent le souffle,
Kim Grayson ne sait lequel choisir.

187 **ELIZABETH HUNTER**
Intrépide Barbara

Qui est-il ce Jonathan Grant, ambitieux,
mystérieux, cynique? Pourquoi cherche-t-il
à spolier Barbara de son héritage?
Profondément attachée à son pays natal,
le Kenya, la jeune fille est bien décidée à se battre
pour faire respecter ses droits... et conquérir
l'amour de cet homme étrange.

188 **DOROTHY VERNON**
Toutes griffes dehors

Afin d'aider son amie Pussy, Catherine se dévoue
pour servir de secrétaire au célèbre écrivain
Paul Hebden. Les coups de théâtre se succèdent
et Catherine s'aperçoit soudain avec horreur
qu'elle s'est engagée à son insu à jouer
une bien cruelle comédie...

Ce mois-ci

Duo Série Désir

39 **Le passé à fleur de peau** DIANA PALMER

40 **La revanche de Jessica** SUZANNE MICHELLE

41 **Par-delà les obstacles** LINDSAY McKENNA

42 **En parfaite harmonie** ANGEL MILAN

43 **Tes yeux, miroir d'amour** BILLIE DOUGLASS

44 **Bataille de charme** SHERRY DEE

Duo Série Harmonie

13 **Le jour, la nuit...** PAT WALLACE

14 **Le château des merveilles** SUE ELLEN COLE

15 **Rendez-vous d'été** BARBARA FAITH

16 **La proie du faucon** STEPHANIE JAMES

Le mois prochain

Duo Série Désir

45 **Le passé évanoui** SHERRY DEE

46 **Enfin, le rivage** SARA CHANCE

47 **L'amour au loin** NORA POWERS

48 **Un cœur en sommeil** NICOLE MONET

49 **La femme imprévue** SUZANNE SIMMS

50 **Les jeux du destin** STEPHANIE JAMES

Duo Série Harmonie

17 **La danse de l'ombre** LORRAINE SELLERS

18 **Une vie de rêve** MARY LYNN BAXTER

19 **Chaque jour une fleur rouge** JUNE TREVOR

20 **Doux hiver** BEVERLY BIRD

Achevé d'imprimer sur les presses de l'imprimerie Bussière
à Saint-Amand-Montrond (Cher)
le 26 avril 1984. ISBN : 2-277-80184-4. ISSN : 0290-5272
N° 422. Dépôt légal avril 1984. Imprimé en France

Collections Duo
27, rue Cassette   75006 Paris
diffusion France et étranger : Flammarion